안락탐정

안락탐정

고바야시 야스미 연작소설

주자덕 옮김

아프로스
◎미디어

아이돌 스토어

"별 희한한 날이 다 있네."

문득 그렇게 중얼거린 탐정은 따분한 표정으로 불도 붙이지 않은 담배를 손가락 끝에 끼워 빙빙 돌리고 있었다.

"무슨 일 있으세요?"

약간 떨어진 위치에서 태블릿 PC로 문서를 작성하고 있던 내가 물었다.

"아니, 아무런 일도 없어. 아무런 일도 없는 게 희한하다는 거지."

나는 탐정의 엉뚱한 대답에 멈칫했다.

"그러니까 하고 싶으신 말씀은, 평소대로라면 뭔가 일이 있어야 하는데……."

탐정이 내 말을 잘랐다.

"그런 해석은 필요 없네. 어차피 자네의 해석은 단순한 말 바꾸기 아닌가. 내가 한 말을 그렇게 일일이 바꿔서 말하지 말게. 내가 마치 바보가 된 것 같은 기분이 든단 말이야."

"그렇게 말씀하시니 저야말로 바보가 된 기분이 드는군요."

"무슨 소린가? 난 자네를 바보 취급하는 말은 한마디도 하지 않았는데."

"선생님 말씀이 저에게는 너무 어렵습니다. 쉬운 말로 바꾸지 않으면 이해가 잘 안 되거든요. 그걸 돌려서 지적당한 듯해서 바보가 된 기분입니다."

"내 말이 어렵다고?"

"네."

"말도 안 되는 소리."

"뭐가 말이 안 된다는 말씀이시죠?"

"그렇지 않은가. 내 말을 재해석하는 사람은 다름 아닌 자네야."

"그건 그렇습니다만, 그게 왜요?"

"생각해 보게. 자네가 내 말을 이해 못 한다면 재해석도 못 할 거 아닌가. 영어를 모르는 사람이 영문 해석을 할 수 없는 것처럼 말이야."

"아, 듣고 보니 그런 것 같군요. 그래도 선생님 말씀은 이해하기 어렵다고 할까, 가까스로 이해할 수 있을까 말까 할 정도입니다."

"그러니까 내 말이 자네에게는 지성의 한계를 넘는다는 얘기군. 뭐 그렇다면…… 무슨 말인지 알겠네."

"솔직히 말씀드려서 저의 이해도는 어중간한 상태입니다. 그래서 제대로 이해하고 있는지 알려면 제 나름대로 해석한 것을 선생님이 확인해 주셔야 합니다."

"그렇게 하는 게 무슨 의미가 있지?"

"제가 이해하는 데 도움이 됩니다."

"자네 말고 나한테 말이야. 내가 자네의 국어 선생님 역할을 해야 하는 건가?"

"아닙니다. 저는 한 번도 그렇게 생각한 적이 없습니다."

"그럼 왜 내가 확인을 해 줘야 하지? 자네가 확인 요청을 할 때마다 일일이 '맞다' 혹은 '틀리다'라고 대답해야만 하지 않나."

"그렇군요."

"'맞다'라고 대답하는 경우는 그나마 낫네. '아니다'라고 하면 자네는 또 '왜 아닙니까?'라고 묻겠지?"

"묻겠죠."

"그런 전개가 나에게 있어서 상당한 고통이 된단 말일세."

"아, 거기까지는 생각하지 못했네요. 그런데 왜 고통이 되는 거죠?"

"그 질문이야말로 바로 그런 전개가 아닌가. 내가 한 번 뱉었던 말을 자네가 이해할 수 있는 표현으로 다시 말해야 하지 않나."

"그렇죠."

"그것이 고통이라는 말일세."

"하지만 그렇게 하지 않으면 저는 선생님 말씀을 제대로 이해할 수 없습니다."

"자네는 외국인이 하는 말을 잘 못 알아듣겠다고 매번 외국인에게 일본어로 번역해 달라고 하나?"

"그러지는 않죠."

"그럼 어떻게 하지?"

"스스로 공부를 하든지 통역을 쓰겠죠."

"그렇다면 이것 역시 스스로 공부하면 되는 거 아닌가?"

"그건 곤란합니다."

"어째서?"

"이 세상에는 외국어에 능통한 사람들이 수없이 많습니다. 그래서 그 사람들의 지도를 받거나 책을 읽거나 해서 공부를 할 수 있죠. 하지만 선생님의 생각을 제대로 아는 사람은 선생님 단 한 사람뿐입니다. 따라서 공부를 하려면 선생님의 지도가 필요합니다. 통역에 비유해도 마찬가지죠. 선생님의 생각을 통역할 수 있는 건 선생님뿐이니까요."

"자, 그럼 여기서 근본적인 의문을 제시하겠네. 왜 내가 내 생각을 자네가 이해할 수 있게 도와줘야 하는 거지?"

"그야 제가 선생님의 생각을 파악 못 하면 이곳에서 하는 일

자체가 의미 없어……."

바로 그때, 현관 초인종이 울렸다.

"아, 의뢰인이 왔나 보군."

탐정의 눈에는 기쁨의 빛이 어렸지만, 무슨 이유에서인지 의자에서 일어날 생각은 안 하고 모니터에 비친 현관 카메라 영상만 보았다. 영상 속의 인물은 키가 꽤 커서 얼굴이 아래쪽 반밖에 보이지 않았다.

"복장을 보니 여성 같군."

탐정이 모니터를 보며 말했다.

"키가 꽤 크네요."

"그렇군. 여자 치곤 너무 커 보이는구만."

"그게 문제가 되나요?"

"아니, 그냥 그렇다는 거지. 의뢰인을 안으로 모시자고."

문이 열리면서 키 큰 의뢰인이 들어왔다. 나는 의뢰인을 보자마자 눈이 휘둥그레졌다.

"처음 뵙겠습니다. 저는 '후지 유이카'라고 합니다."

의뢰인은 조심스러운 말투로 자신을 소개했다. 나는 놀라서 말문이 막혔다.

"어서 오세요."

탐정은 의자에 앉은 채 평소와 같은 태도로 가볍게 인사했다.

"예약도 없이 갑자기 방문해서 죄송합니다. 놀라게 해 드릴 생각은 없었습니다. 예약을 하려면 제 신분을 밝혀야 해서……."

잠시 머뭇하던 유이카가 말을 이었다.

"아, 물론 선생님이 의심스러워서 그런 건 아닙니다. 선생님이 우수한 탐정이시라는 건 알고 있습니다. 다만 제가 연락을 드리는 사이에 제삼자가 끼어들 가능성이 있거든요. 만약 그 남자가 알게 되면 무슨 짓을 저지를지 몰라요."

"그 남자 문제 때문에 오신 건가요?"

"네, 문제가 심각합니다. 그 남자는 정말 비상식적인 인간이에요."

"일단 말씀을 좀 들어 보죠. 이쪽에 앉으시겠습니까?"

의뢰인은 성큼성큼 걸어오더니 소파에 앉았다.

"어디부터 말씀드리면 될까요?"

"그 남자를 처음 알게 된 건 언제죠?"

"그의 행동이 이상해지기 시작한 건 몇 개월 전부터지만, 맨 처음 알게 된 건 수년 전입니다. 거의 데뷔 직후부터라고 할 수 있겠네요."

"그럼 그때 얘기부터 해 주세요."

"네."

의뢰인이 얘기를 시작했다.

"사실, 저는 원래 아이돌 지망생이 아니었습니다. 중학생 때 가벼운 마음으로 패션모델 오디션을 봤는데 한 번에 합격해 버렸습니다. 흔히 있는 경우처럼 가족이나 친구가 멋대로 응모했다가 된 건 아닙니다. 저 자신의 분명한 의사로 오디션을 보았습니다. 이미 연예 기획사에 소속된 애들도 많이 참가했습니다만, 저는 그전까지 아마추어였기 때문에 뽑히고 나서 오디션을 주최하는 측에서 소개해 준 연예 기획사에 들어갔습니다. 오디션에 대해서 부모님에게 미리 말하지 않았기 때문에 처음에는 좀 옥신각신했습니다. 부모님은 제가 사기당하고 있는 건지 모른다고 생각하셨던 것 같아요. 수상한 길거리 스카우트 같은 건 줄 아셨나 봐요. 저는 유명 출판사가 발행하는 잡지에서 모집하는 오디션에 직접 지원했다는 것, 기획사 사무실은 그 오디션 주최 측이 소개해 줬다는 것, 그 기획사에는 유명 연예인이 여러 명 소속되어 있다는 것 등을 차분히 설명해 드렸습니다. 결국 부모님 설득에 성공했죠. 그런데 부모님은 여전히 미덥지 못하셨는지, 같이 상경해서 저랑 기획사 사무실을 찾아갔습니다. 직접 사람들을 만나 보거나 회사를 둘러보고 나서야 겨우 안심하시더군요. 아, 이 얘기들은 이미 각종 잡지와 TV 프로그램에서 나왔던 거라 알고 계시겠지만, 전부 사실입니다."

"자네는 이 얘기 알고 있나?"

탐정이 문득 나에게 물었다.

"아, 네. 많이 알려진 얘깁니다."

"그렇군. 아, 죄송합니다. 제가 연예계 일들은 잘 몰라서요. 신경 쓰지 마시고 얘기 계속하세요."

"그러고 나서 얼마 후, 저는 패션 잡지의 모델로 화려하게 데 뷔했고, 바로 팬레터를 받게 되었습니다. 여고생 대상의 잡지라 팬레터 대부분이 같은 나이대의 여학생 팬들이었지만, 남성 팬 들로부터 온 것도 꽤 있었습니다. 그게 좀 이례적인 경우라고 하 더라고요. 회사에서는 제 이미지에 대한 상품화 방법을 재검토 했습니다."

"그랬군요."

탐정이 고개를 끄덕이며 맞장구를 쳤다.

"그런데 어느 날, 팬레터 중 이상한 것을 발견했습니다. 봉투 가 시커멓게 돼 있었거든요. 검은 바탕 위에 희미하게 회사 주소 와 '후지 유이카'라는 제 이름이 쓰여 있는 것을 겨우 확인할 수 있었습니다. 처음 봤을 때는 원래 검은색 봉투에 흰색 잉크로 쓴 것인 줄 알았죠. 하지만 왠지 위화감이 느껴져서 자세히 봤더니 원래 검은 바탕이 아니었습니다. 정확하게 말씀드리면, 검다기 보다는 진한 회색에 군데군데 깨알 같은 흰색 반점이 보였습니 다. 저는 갑자기 호기심이 생겨서 봉투의 표면을 돋보기로 확대 해서 보고 깜짝 놀랐습니다. 역시 그건 단순한 검은 바탕이 아니 었습니다. 자세히 보니 쌀알보다 작은 글씨들을 빽빽하게 적어 놓은 것이었습니다. 내용은 주로 저를 향한 마음이었지만, 글씨 가 대부분 뭉개진 데다 문장이 너무 이상해서 도대체 무슨 소린 지 알 수 없었습니다. 처음에는 저를 응원하는 것 같더니, 뒤로

갈수록 자신에게 답을 하지 않는다며 저에 대한 원망으로 바뀌더군요. 마지막에는 공격적인 글로 저를 욕하면서 저주하는 내용이 되어 있었습니다."

"별 이상한 팬레터도 다 있네요."

"더욱 무서운 건, 그것이 몇 년에 걸쳐 서서히 바뀐 내용이 아니라는 사실입니다. 그 글들은 전부 하나의 봉투에 적혀 있었으니까요. 글을 쓰면서 제멋대로 망상이 이어졌고, 그 속에서 저와 부정적 관계가 형성되어 있었던 겁니다."

"편지를 보낸 사람이 남성이라고 생각하신 근거는 뭐죠?"

탐정이 메모를 하면서 물었다.

"봉투 안의 내용물을 보고 알았습니다."

"내용물이라고요? 뭐가 있었나요?"

"안에는 사진들이 몇 장 들어 있었습니다. 남성이 찍힌 사진이요. 물론 사진 속의 남성이 보낸 것이라 단정할 수는 없습니다만, 그 사람이 보냈을 가능성이 높습니다. 왜냐하면, 그 사진들은 정말 이상하거든요. 저에게 보낼 목적으로 찍었다고밖에 생각할 수 없어요."

"어떻게 이상한 사진인가요?"

"이것이 그 사진들입니다."

의뢰인은 테이블 위에 여러 장의 사진을 늘어놓았다.

"아!"

나는 나도 모르게 탄성을 질렀다. 사진 속에는 중년 남성이, 그것도 결코 아름답다고 할 수 없는 외모의 남성이 있었다. 키는 컸지만 뚱뚱한 체형에 머리카락도 거의 없었다. 귀 위쪽으로 겨우 남아 있는 머리카락을 길게 걸쳐서 정수리에 붙여 놓은 스타일이었다. 하지만 내가 놀랄 수밖에 없었던 건 그 사람이 못생긴 중년 남성이라서가 아니었다. 그가 여자 옷, 그것도 10대 여자애들이나 즐겨 입는 스타일의 옷을 입고 있었기 때문이었다. 그것도 모자라, 10대 여자애들이 주로 하는 화장과 표정 그리고 포즈까지 취하고 있었다.

"이 사진을 처음 봤을 때 저는 너무 무서웠어요."

"이게 무서웠다고요?"

탐정은 사진을 보면서 의뢰인에게 물었다. 그가 어깨를 들썩이고 있는 건, 필사적으로 웃음을 참고 있기 때문인 듯했다.

"확실히, 일종의 위화감이 느껴지긴 합니다. 하지만 무섭다기보다는 뭐랄까, 좀 웃긴다고 하는 게 맞을 거 같군요."

"저로서는 상당한 공포를 느꼈습니다."

"그건 왜죠?"

"이 잡지를 한번 봐 주세요."

의뢰인은 가방에서 잡지를 한 권 꺼냈다.

"당시 제 사진이 실렸던 잡지입니다. 그리고 이것이 제 사진입니다. 알아보시겠어요?"

남자의 사진은 잡지에 실린 후지 유이카와 같은 포즈와 표정
——정확하게 말하면 흉내를 내는 정도지 도저히 같은 표정이라
고 볼 수 없는——을 하고 있었다. 화장도 어이없을 정도로 서툴
렀다. 딱 봐도 유이카의 화장을 그대로 따라 했다는 건 알 수 있
었다. 의상도 아주 엉망이었다. 사진 속의 그녀가 입은 옷과 같
은 배색이었지만, 사진 속 남자가 입고 있는 옷은 기성품이 아닌
직접 만든 것 같았다. 그래서인지 소매의 길이도 좌우가 달랐고,
모양이 전체적으로 들쭉날쭉했다. 여러 장의 천을 꿰맨 흔적도
명확하게 남아 있었다. 아무래도 이 남자가 직접 만든 듯했다.
결과적으로, 유이카가 입었던 의상과는 전혀 다른 것이었다. 하
지만 그녀의 의상과 비슷하게 만들려고 했다는 것은 두말할 필
요도 없었다.

"봉투 안에 들어 있던 건 그 사진뿐이었나요?"

"네, 봉투 겉에 빼곡하게 글이 적혀 있는 것과는 달리, 그 안에
들어 있는 건 사진뿐이었어요. 그리고 그 사진에서는 말로 형용
할 수 없는 악취가 진동했습니다."

"그래서 어떻게 하셨나요?"

"팬레터 속에 이상한 편지가 섞여 있다고 매니저에게 말했죠."

"매니저의 반응은 어땠죠?"

"제 얘기를 들은 매니저가 웃으면서 그러더군요. 인기가 많아
지면 이상한 팬도 생기기 마련이라고요. 하지만 그 이상한 봉투

와 사진을 보여 줬더니 그 역시 표정이 변했어요. 신음을 흘리며 '지금까지 이상한 편지들을 많이 봐 왔지만 이런 편지는 본 적이 없어.'라고 하더군요."

◀◀

"누가 장난친 게 아닐까요?"

"이 봉투를 좀 봐. 장난으로 이 정도까지 글씨를 써 넣을 수 있을까? 이런 짓은 비정상적인 집착으로밖에 볼 수 없어. 이게 장난이라면 이렇게 자신의 얼굴까지 찍힌 사진을 보낼 리가 없잖아. 얼굴 사진과 필적이 있으면 신분을 특정해 낼 수 있는데, 누가 장난으로 그런 짓을 하겠냐고."

"장난이 아니라면 뭐죠?"

"진짜라는 얘기지."

"진짜라뇨?"

"이 남자, 진짜 사이코라고. 자신이 체포된다는 건 생각조차 안 하고 있거나, 체포당해도 상관없다고 생각하는 거겠지. 어느 쪽이든 결과를 전혀 신경 쓰지 않는다는 건 확실해. 아니면 처음부터 악의 없이 한 짓일 가능성도 있고."

"그럴 수도 있을까요? 악의가 없었다면 그나마 다행이겠지만……."

"아니, 그 반대지. 정말 무서운 게 악의가 없는 경우야. 돈이 목적이라든가 관종이라면 오히려 낫지. 기본적으로 속셈이 있으니까 수지가 맞지 않는 범죄에는 손대지 않을 거야. 물론, 개중에는 돈이 목적이라도 수지가 맞지 않는 범죄를 저지르는 경우도 있어. 하지만 그건 그냥 범인이 멍청하기 때문이지. 편의점에서 물건을 훔치는 애들처럼 말이야. 물론, 악의를 가진 사람 역시 무섭다고 할 수 있지. 자신을 포함해 그 누구도 이득을 보는 경우가 아닌데도 열심히 남을 괴롭히는 사람 말이야. 관종하고 닮은 점도 있지만, 순수한 악의를 가진 경우라면 세상 사람들의 시선에는 관심 없어. 그냥 누군가가 괴로워하는 것을 보거나, 그것을 상상하는 것만으로도 만족을 느끼는 부류라고 할 수 있지. 예를 들어, 길바닥에 독이 든 사료를 뿌리거나 공원에서 놀고 있는 애들의 머리를 골프채로 때리는 인간들이 그 범주에 들지. 하지만 그보다 더 무서운 것이 바로 전혀 악의 없이 범죄를 저지르는 인간이야. 죄책감 같은 건 아예 없으니 양심의 가책 같은 건 느끼지도 않거든. 피해망상 때문에 그럴 수도 있지만, 때로는 순수한 선의인 경우도 있어. 저 사람은 죽고 싶어 하는 것 같으니까 자살할 수 있게 도와주자거나, 저 여자는 나를 좋아하지만 용기가 없어서 말을 못 하는 것 같으니까 내 쪽에서 강제로라도 사귀자고 멋대로 생각하는 등, 일방적으로 생각하고 행동하는 사람이 그런 부류야. 이 편지의 발송인 역시 그처럼 악의가 없는 범죄자일 가능성이 높아. 이 봉투와 사진을 보면 그런 냄새가 마구 풍기거든."

"실제로 냄새가 장난 아닌데요."

"이건 무슨 유기물 냄새 같은데……."

"유기물 냄새요?"

"동물의 배설물이나 고기가 썩은 냄새 같은 거 말이야."

매니저의 말에 유이카는 얼굴을 찡그렸다.

"경찰에 신고하는 게 낫지 않을까요?"

"글쎄……. 연예인들에게 이상한 팬레터가 오는 건 흔한 일이라 과연 경찰에서 신경 써 줄지 모르겠네."

"하지만 이 편지는 좀 심하게 이상하잖아요."

"그건 그렇지. 하지만 실제로 피해를 본 건 없잖아."

"피해가 없다니요. 저는 그 편지 때문에 정신적으로 아주 불안한 상태란 말이에요."

"흠, 경찰이 그걸 피해로 인정해 줄지 모르겠군. 일단은 내가 경찰에 얘기는 해 볼게."

"매니저분이 연예계 일에 관해서는 잘 아실 테니 그분에게 맡겨 보는 건 어떨까요? 물론, 원하신다면 저희 쪽에서 조사해 볼 수도 있습니다만."

"아직 제 얘기 다 안 끝났어요."

의뢰인이 말을 이었다.

"수주 후, 문득 생각나서 그 편지 건은 어떻게 되었는지 매니저한테 물어봤어요. 그랬더니 경찰한테 얘기는 했지만 역시 바로 움직일 수는 없다고 했다더군요. 실제로 스토커 피해가 발생했거나 협박장이라도 받았다면 바로 입건할 테니 연락 달라고 했답니다. 실제 피해가 발생한 다음이면 이미 늦을 수도 있겠지만, 그렇다고 해서 이상한 팬레터를 받은 연예인들을 전부 경호할 수는 없을 테니까요. 그러는 사이에 회사의 결정으로 저는 그라비아 아이돌로 데뷔하게 되었습니다. 아까 말씀드렸듯이, 10대 여성을 위한 패션 잡지 모델임에도 불구하고 팬레터의 상당 부분이 남성들이 보낸 편지였거든요. 그래서 회사에서는 상품화 방향을 수정한 겁니다. 물론 완전히 그라비아 아이돌로 전향한 건 아니고, 기존의 모델 일과 겸해서 하게 되었죠. 좀 이상하게 보일지도 모르겠지만, 최근에는 이런 형태로 활동하는 연예인이 늘고 있는 것으로 압니다. 아무튼, 저는 약간 복잡한 기분이 들었습니다. 물론 여성들뿐 아니라 남성 팬들까지 늘어나는 건 기쁜 일입니다만, 남성 취향의 잡지에 그라비아 사진이 실리게 되면 당연히 더 많은 남성들의 눈에 들게 되잖아요. 그러면 의상도 패션 잡지와 달리 자연스럽게 노출이 많은 쪽으로 가게 되죠. 세상의 남성 대부분이 정상이라고 해도, 보는 눈이 늘어나면 자연스럽게 이상한 사람들의 수도 늘어나게 되겠죠. 그래서 저는 매니저에게 그런 불안한 마음을 털어놨습니다."

◀◀

"물론, 네가 걱정하는 건 이해해. 연예인이 표적이 되는 사건이 가끔 발생하는 것도 사실이야. 사인회장에 갑자기 칼을 든 남자가 나타날 가능성이 있는 것도 사실이고."

"그럴 가능성도 있겠죠?"

유이카의 얼굴이 창백해졌다.

"하지만 그 역시 하나의 리스크로 생각해야 하지 않을까?"

"리스크요?"

"리스크가 없으면 리턴도 없잖아. 보상 말이야. '하이 리스크 하이 리턴'이란 말 알잖아. 길은 두 가지밖에 없어. 눈에 띄지 않게 무명으로 한푼 두푼 모으든지, 다소 위험을 감수하더라도 크게 성공하든지 말이야. 잘나가는 연예인의 생명이 그리 길지 않다는 건 알지? 너는 이 중에서 어떤 걸 고를래?"

유이카는 대답을 망설였다. 연예계에서 성공하고 싶은 마음은 있지만, 그렇다고 해서 범죄에 희생되고 싶지는 않았다.

"바로 대답하기 어려워?"

매니저는 유감스럽다는 말투였다.

"물론 어느 쪽을 선택할지는 너의 자유야. 하지만 처음부터 모든 걸 각오하고 모델 오디션을 봤던 거 아냐?"

"네, 그렇긴 하지만 그라비아 아이돌은 좀……."

"모델은 하고 싶지만, 그라비아 아이돌은 싫다는 거야?"

"꼭 그렇다기보다는……."

"얼마나 많은 연예인 지망생들에게 이런 기회가 온다고 생각해? 물론, 정 싫다면 어쩔 수 없지. 네 마음대로 선택하면 돼. 하지만 이 업계에서 성공하려면 한푼 두푼 모으는 식으로는 안 돼. 이런 기회를 날려 버리면 절대로 성공할 수 없어. 그리고 이런 기회는 항상 리스크가 따르는 법이야. 연예계뿐만 아니라 상업적으로 크게 성공하기 위해서는 포장마차 수준에 머무르면 안 돼. 대담하지 않으면 안 된다고. 어느 시점에서는 빚을 내서라도 가게를 차릴 필요가 있어. 월급쟁이도 마찬가지야. 사장이 되고 싶다면 실패의 리스크를 안고 사업을 해야 돼. 재테크 역시 같은 이치야. 정기 예금만으로는 절대 부자가 되지 못해. 주식이나 채권 등으로 크게 승부를 걸어야 한다고. 너에게 있어선 지금이 바로 그런 시기야. 솔직히 말하면 리스크가 전혀 없다고는 할 수 없어. 회사에서도 최대한 경비를 지원할 거야. 하지만 완벽할 수는 없지. 솔직히 말하면, 그라비아 아이돌로 성공한다고 해도 스캔들로 훅 갈 수도 있어. 네가 아무리 조심해도 피할 수 없는 경우도 있거든. 실제와 다르게 날조된 기사가 나올 수도 있지. 누군가 모함을 할 수도 있으니까 말이야. 이 세계의 시기와 질투는 살벌하잖아."

매니저는 잠시 한숨을 돌린 다음 말을 이었다.

"물론 연예계에서 위험을 감수하지 않는 길도 있어. 평생 회사에서 평사원으로 지내는 사람처럼 말이야. 애들이나 보는 프로그램의 사회를 보는 여자 아나운서, 그 역시 연예인이지. 또는 드라마의 엑스트라나 조연만 계속하는 방법도 있어. 잘하면 화면 구석에 1, 2초 정도 얼굴이 나올 수도 있지. 물론 금전적으로 보잘것없지만, TV에 나온다는 자기만족은 있겠지. 나는 네가 그런 길을 가고 싶을 거라고는 생각하지 않아. 자, 이제 답을 줘. 그라비아 아이돌을 할 거야, 말 거야?"

"생각해 보세요. 그렇게 말하는데 뭐라고 해요. 연예인으로서 성공을 목표로 하는 사람이 그런 말을 듣고도 '노'라고 할 수 있을까요? 결국, 저는 어쩔 수 없이 그라비아 아이돌 일을 하게 되었죠. 예상대로 팬들의 반응은 상당했습니다. 팬레터의 수는 단번에 한 자리 수가 더 증가했죠. 믿기 어려운 일이었지만, 매일 상자 가득 편지가 왔습니다. 역시 여성 팬과는 다르게, 성적 어필의 영향인지 남성 팬은 지나치게 열성적이라고 할까, 때로는 상식을 벗어난 내용들도 많았습니다. 물론 대부분은 정상적이었지만요. 그리고 저는 그 팬레터들 속에서 그 남성이 보낸 것을 발견하게 되었습니다."

"이전과 비교해서 뭔가 변화가 있던가요?"

탐정이 몸을 앞으로 내밀며 물었다.

"네, 같은 부분도 있었지만 달라진 것도 있었습니다. 여전히 봉투는 글씨를 빼곡하게 써서 시커멓게 되어 있었어요. 글의 내용도 역시 거의 알아볼 수 없었지만, 상당히 화가 나 있는 것 같았습니다. 제가 그라비아 사진을 찍은 것을 받아들일 수 없었는지 타락했다는 둥 더럽혀졌다는 둥 하는 내용이 적혀 있었습니다. 아무래도 그 사람의 의식 속에 있는 저는 연인 아니면 여동생 같은 존재였나 봅니다. 제가 이렇게 연예계에 물드는 것이 견딜 수 없었던 것 같더라고요. 너무 무서워서 그대로 봉투를 열지 않고 버릴까도 생각했습니다. 하지만 안에 있는 내용이 너무 궁금해서 그만 봉투를 뜯고 말았죠. 봉투 속에는 수십 장의 사진이 들어 있었습니다. 바로 이겁니다."

의뢰인은 그 사진들을 꺼내서 보여 주었다. 전부 그 남자의 사진이었다. 먼저 본 것들처럼 유이카의 사진을 어설프게 흉내 낸 것들이었지만 이번에는 그라비아 사진을 흉내 낸 것이라, 노출도가 높은 탱크톱이나 여성 수영복 등을 입고 선정적인 포즈와 표정을 한 사진이 여러 장 있었다. 중년 남성이 10대 여성의 의상을 입고 유이카와 같은 포즈와 표정을 하고 찍은 사진을 보니 이상한 정도를 넘어 그로테스크의 범주에 속할 만큼 역겨웠다. 제모도 전혀 하지 않은 그의 노출 사진을 본 순간, 구토감이 느껴질 정도였다.

"이 사진들을 보고 충격을 받은 저는 한동안 멍하게 있다가 급기야 울음을 터뜨렸습니다. 이 남성의 광기가 너무나도 무서웠거든요. 즉시 매니저를 불러서 그 사진들을 보여 주었고, 경찰에 신고해 달라고 애원했습니다."

◀◀

"이건 좀 심하네."

중얼거린 매니저가 잠시 침묵하더니 말을 이었다.

"그래도 내용만 보자면 지난번이랑 거의 같네. 더 심해졌다고 하기엔 애매한데, 경찰이 움직여 줄까. 난 잘 모르겠는데."

"네? 그게 무슨 말씀이세요. 제 그라비아 사진을 그대로 흉내 냈잖아요. 이 정도면 충분히 협박이라고 판단할 수 있지 않나요?"

"문제는 이 사진에서 명백한 협박 메시지를 읽어 낼 수 있느냐는 거야. 그냥 좀 지나치게 열광적인 팬이 네 흉내를 낸 것뿐이라고 한다면 반론을 할 수가 없잖아."

"사진만 보고 어떻게 알아요. 그보다, 이 봉투 위에 쓴 글이야 말로 협박 아닌가요?"

"그 글에도 실제로 해를 가할 거란 얘기는 한마디도 없었잖아. 그냥 망상을 잔뜩 늘어놓은 것뿐이지."

"그 망상이 무섭단 말이에요."

"망상이란 건, 그 사람에게 불리하다기보다 오히려 뭔가 사건을 일으켰을 경우 그에게 유리한 증거로 작용할 수 있어."

"그럼 어떻게 해야 하는 거죠?"

"그냥 무시해 버려."

"그냥 무시할 수 없으니까 이러는 거잖아요."

"그럼 무시하는 척하고 기다려 보자고."

"뭘 기다려요?"

"이놈이 무슨 일을 저지르는 걸 말이야. 협박이든, 절도든, 폭행 미수든 뭔가 저지르면 체포할 수 있을 거야."

"무슨 일을 당할까 봐 무서워 죽겠는데, 그걸 그냥 기다리라고요? 지금 제정신이에요?"

"제정신이 아닌 건 이 남자야. 무섭겠지만 지금은 기다리는 수밖에 없어."

"그러다가 돌이킬 수 없는 일이 벌어지면 어떡해요?"

"그럼, 그냥 나랑 같이 사는 건 어때?"

매니저가 그녀에게 다가오며 말하자 유이카는 시선을 돌리며 뒤로 물러섰다.

"하하, 농담이야."

매니저는 실없는 표정으로 말했다.

"이 아파트까지는 나 아니면 다른 사무실 사람이 꼭 데려다줄 것이고, 현장에서도 절대 너를 혼자 두지 않을 거야. 이곳 보안 시스템도 확실하니까 너무 걱정하지 말라고."

"그럼, 절대 아무 일도 없을 거라고 맹세할 수 있어요? 솔직히 이렇게 살 바엔 일을 그만두고 싶어요."

"생각해 봐. 이 일을 그만둔다고 해도 안심할 수 없어. 이 사람이 널 포기할 거란 보장이 없잖아. 게다가 회사 소속이 아니면 우리 역시 너를 지켜 줄 수 없어. 어느 쪽이 안전할 거 같아?"

유이카는 고개를 끄덕이며 탐정에게 말했다.

"매니저의 말도 일리가 있었습니다. 제가 연예인으로서 가치가 있는 동안은 기획사가 저를 지켜 주겠죠. 하지만 일을 그만둔다면 지킬 가치가 없어지는 셈이잖아요. 일을 그만둬서 그 변태 팬도 저에 대한 흥미를 잃는다면 좋겠지만, 그건 아무도 모르는 일이죠. 저는 고민 끝에 상대방이 어떤 행동을 취할 때까지 기다리자는 매니저의 제안을 받아들이기로 했습니다. 감사하게도,

그라비아 아이돌 일은 끊이지 않고 계속 들어왔습니다. 물론 새로운 사진이 공개될 때마다 이 남자는 그것을 모방한 사진을 계속 보내왔죠. 봉투에 적힌 문장은 여전히 알아보기 힘들었지만, 계속 격앙되어 있다는 건 알 수 있었어요. 무엇에 화를 내고 있는지는 분명하지 않았지만, 그라비아 아이돌 중심으로 활동하는 것에 화가 났다는 것은 어렴풋이 알 수 있었습니다."

탐정이 고개를 끄덕이더니 물었다.

"혹시 이 남자가 왜 그렇게 당신에게 집착하는지 짐작이 가는 게 있나요?"

"그게……, 어디까지나 추측입니다만……."

의뢰인은 잠시 뜸을 들이더니 말을 이었다.

"원칙적으로 연예인들은 팬들과 직접 소통하지 않습니다. 팬을 상대하는 것은 회사가 만든 가짜 이미지거든요. TV에 나오는 탤런트는 비교적 본인에 가까운 이미지로 보는 경우가 많지만, 그 역시 만들어진 것입니다. 예능에 좀처럼 나오지 않는 배우는 드라마나 영화에서의 배역이라는 가면을 쓰고 있어서 더욱 알기 어렵겠죠. 패션모델이나 그라비아 아이돌은 목소리도 전해지지 않고 움직이지도 않는 사진으로 접하기 때문에, 실제 본인과는 완전히 동떨어진 이미지가 팬들의 머릿속에 만들어질 수밖에 없습니다. 그 이미지는 개개인의 내적 체험의 범주라 제가 그들의 머릿속에서 어떤 모습을 하고 있는지 알 수 없죠."

"그렇겠군요."

"모델 일만 했을 시기에, 그 남자의 머릿속에 있는 저는 그저 이상적인 여성이었을 겁니다. 그 이상적인 여성은 아마도 남자에게 교태를 부리는 짓은 절대 하지 않았을 것이고, 섹시한 옷도 입지 않았을 겁니다. 그런데 어느 날부터 저는 그라비아 아이돌이 되어 남성들에게 성적 매력을 어필하는 사진을 공개하기 시작했죠. 물론, 둘 다 저의 진짜 모습은 아닙니다. 단지 일로서 고객이 원하는 것을 제공한 것뿐입니다. 하지만 그 남자는 그것을 구분하지 못했을 것입니다. 제가 타락했거나, 그동안 자신이 속고 있었다고 생각했을 것입니다. 원래의 저는 청순한 이미지의 모델이었는데 갑자기 그라비아 아이돌이 되어 남성들을 유혹하는 모습을 보였으니 타락한 것일 테고, 원래부터 그런 사람이었는데 그동안 청순한 척했다고 느꼈다면 이 남자를 속인 셈이 되니까요. 어느 쪽이든 이 남자에게는 받아들이기 힘들었을 겁니다. 그리고 몹시 화가 났겠죠. 그런데 그것만으로는 설명이 안 되는 부분이 있습니다."

"그게 뭔가요?"

"이 남자가 제 사진을 흉내 내는 이유 말입니다. 맨 처음에는 제가 섹시한 포즈를 취하는 것을 비꼬려는 의도라고 생각했습니다. 하지만 그 전에 저의 패션모델 사진을 흉내 냈던 이유를 모르겠습니다. 이 남자는 저를 흉내 내는 것으로 뭔가 전하고 싶었던 것 같습니다. 거기까지는 짐작할 수 있었지만, 구체적으로 뭘 전하고 싶었는지는 모르겠습니다."

"그렇군요. 무슨 말씀인지 알겠습니다."

"그라비아 아이돌 일은 이후로도 가속도가 붙으면서 늘어났습니다. 어떤 때는 같은 날 다른 잡지 촬영 스케줄이 잡히기도 했습니다. 눈이 돌아갈 정도로 바빴죠. 그런데 놀랍게도, 이 남자역시 완전히 똑같은 페이스로 자신의 사진을 보내오더라고요."

"잡지가 발매된 당일 오전 중에 발송한 것 같아."

유이카의 집에 팬레터를 전달하러 왔던 매니저가 소인을 보며 말했다.

"아침 일찍 잡지를 사서 보고 의상을 준비한 다음 사진과 같은 화장을 하고 비슷한 장소를 찾아서 촬영했다는 얘긴데, 이건 정말 초인적인걸?"

"정말 그렇게 한 걸까요?"

"그게 아니면 다른 방법이 있을까?"

"사진이 잡지에 실리기 전에 유출될 가능성은 없을까요? 그렇지 않으면 이렇게 빨리 사진을 찍어서 보낸다는 게 가능한지 모르겠어요."

"몇 시간 안에 사진을 찍어 보내는 건 현실적으로 불가능한 일이 아니야."

매니저는 자신의 턱을 쓰다듬더니 사진을 보며 말했다.

"의상은 미리 몇 가지 패턴을 준비해 두었다가 그중에서 골랐을 수도 있어. 색상만 비슷하다면 될 거야. 어차피 시선이 이 아저씨 얼굴로 가 버려서 의상 같은 건 제대로 안 볼 테니까. 촬영 장소도 마찬가지야. 몇 군데 그라비아 아이돌 촬영에 적당한 장소들을 미리 물색해 놨을 수 있지. 공원, 호텔, 산속, 물가, 바닷가, 풀장, 번화가 등을 말이야. 이들 중에서 고르면 비슷한 느낌의 사진이 되겠지. 예를 들어, 너를 찍은 이 사진하고 이 아저씨를 찍은 이 사진을 비교해 보면 알 수 있어. 비슷한 느낌이긴 하지만, 그건 이 아저씨가 입은 비키니와 머리에 있는 바코드에 시선이 가기 때문이야. 네가 입은 비키니는 빨간색 바탕에 하늘색 세로 줄 무늬인데, 이 아저씨 거는 빨간색 바탕에 노란색 물방울 무늬잖아. 립스틱도 같은 계통의 색상이긴 하지만 똑같은 색은 아니야. 그리고 네 사진의 배경은 괌의 해안이지만, 이건 일본 어딘가의 강이나 연못일 테고. 물색은 원래 갈색이었는데 포토샵으로 파랗게 바꾼 거 같아. 전체적으로 구도는 닮았지만, 이렇게 부분부분 보면 전혀 다르잖아."

얘기를 들으니 정말로 대충 찍은 사진 같았다.

"아무리 그래도 참 대단한 거 같긴 해."

매니저는 사진을 다시 보더니 말을 이었다.

"혼자서 이걸 다 해내기에는 정말 어려웠을 텐데 말이야."

"혹시 공범이 있는 거 아닐까요?"

"그럴지도 모르지. 하지만 공범이 있다는 건 우리에게는 좋은 소식일 수도 있어."

"그건 왜죠? 범인이 또 한 명 늘어나는 건데?"

"2인조 변태라는 소리 들어 본 적 있어?"

유이카는 고개를 저었다.

"변태는 말이야, 모두 지향점이 달라. 정상적인 사람들은 차이가 별로 없지만, 변태들은 각각 다른 방향으로 이탈되기 때문에 서로 이해를 못 하거든. 그러니까 동료는 만들지 않지. 이런 사진을 협력해서 만드는 변태가 두 명 있을 확률은 극히 적을 거 같아."

"그런데 그게 왜 좋은 소식이 되죠?"

"만약에 말이야, 이 일에 여러 명이 관련되어 있다면 그냥 장난일 확률이 높아지기 때문이야. 팀을 구성할 정도라면 변태가 아닌 정상적인 사람일 수 있고. 그렇다고 가정한다면, 이 아저씨는 그냥 벌칙 게임으로 이런 사진의 모델이 되었을 가능성도 있어."

"정말 그럴까요? 그렇다면 저는 안심해도 되는 건가요?"

"아니. 유감이지만, 내가 보기엔 여러 명일 가능성은 낮아. 몰래카메라 같은 거라면 이미 정체를 밝혔겠지. 이 아저씨로부터 편지가 온 지도 벌써 1년이 넘었잖아. 장난이었다면 이미 오래 전에 질려서 그만뒀을 거야."

"그럼 이대로 계속 이런 사진을 보낼 거라는 얘긴가요?"

"아마 그렇겠지."

"빨리 경찰한테 잡아 달라고 해 주세요."

"이 인간이 계속 같은 짓만 반복한 것뿐이라 체포하긴 힘들 거 같아. 역시 결정적인 행동으로 옮길 때까지 기다릴 수밖에 없어."

"만약 앞으로도 계속 같은 짓만 한다면 이 남자는 체포할 수 없다는 건가요?"

"그렇다고 봐야겠지."

"얘기가 다르잖아요. 거짓말하신 거예요?"

"무슨 소리야. 나는 거짓말을 한 적이 없어."

"범죄 행위를 저지르면 경찰이 잡아 줄 거라고 했잖아요."

"이 정도는 범죄 행위라고 할 수 없어."

"그럼, 앞으로도 계속 이런 사진이 오면 저는 어떻게 되는 거죠?"

"어떻게 되긴 뭐가 어떻게 돼. 이건 그냥 사진에 지나지 않잖아. 실제로 피해도 없어. 오히려 이 아저씨의 재밌는 사진을 볼 수 있으니 좋은 거 아냐?"

매니저는 키득키득 웃었다. 유이카는 비로소 매니저가 진지하게 대응할 마음이 없다는 걸 알게 되었다. 귀찮은 일을 피하기 위해, 일을 복잡하게 만들지 않도록 그녀를 구슬리고 있는 것뿐이었던 것이다.

"이제 당신한테 부탁 안 해요! 당분간 스케줄도 거절할 거예요!"

"너, 지금이 연예인으로서 얼마나 중요한 시기인 줄 알고 그런 소리를 해?"

"몰라요! 기분 나쁜 변태한테 괴롭힘을 당해야 한다면 아이돌 같은 건 그만두고 싶어요! 이제 팬레터도 안 볼래요!"

그날은 유이카가 워낙에 흥분하면서 화를 내서인지 매니저도 그대로 돌아갔다고 한다. 이틀 후, 전화를 해도 안 받자 매니저가 직접 집에 찾아왔지만 그녀는 만나길 거부했다. 매니저는 계속 이렇게 스케줄을 캔슬한다면 모처럼 쌓아 올린 모든 것이 무너질 것이라고 겁을 주었다. 하지만 그녀는 들은 척도 하지 않았다.

처음에는 하루에 몇 번이고 전화가 왔지만 어느새 하루에 한 번, 이틀에 한 번, 일주일에 한 번이 되더니 반년 정도 지나자 한 달에 한 번 사무적인 전화가 걸려오는 정도가 되었고, 그 또한 받지 않았더니 어느새 전화가 걸려오지 않게 되었다고 한다.

"아시다시피, 주간지 등에서 갑자기 실종되었다는 둥, 큰 실수를 해서 일을 못 하게 되었다는 둥 여러 가지 억측 기사로 떠들어 댔지만 저는 그런 건 신경 쓰지 않았습니다. 그 편지가 집에 오기 전까지는 말이죠. 어느 날 우편함을 봤더니 이상한 봉투가 하나 있었습니다. 처음에는 매니저가 심술을 부리기 위해 회사로 온 그 남자의 편지를 가져다 놓은 것이라 생각했는데, 받는 사람 난에 그 남자의 필적으로 분명하게 제가 사는 아파트의 주소가 적혀 있었습니다. '내가 사는 곳을 그 남자가 알고 있어!'라는 생각이 들자 저는 숨이 막힐 정도의 공포를 느꼈습니다."

"그러셨군요. 아참, 확인차 드리는 질문입니다만, 물론 유이카 씨의 주소는 일반에게 공개되어 있지 않은 거죠?"

탐정이 진지한 표정으로 물었다.

"네."

"인터넷 등에 유출된 적도 없고요?"

"제가 아는 한 없습니다."

"그럼, 유이카 씨의 주소를 알고 있는 사람은 구체적으로 누구인가요?"

"회사 사람들이라면 마음만 먹으면 알아낼 수 있겠죠. 그리고 당연히 제 가족들은 알고 있습니다."

"친한 친구분이나 남자 친구분도 알고 있겠죠?"

"아뇨, 그 정도로 친한 친구는 없습니다. 남자 친구도 없고요. 회사 사람들 이외에는 알려 주면 안 된다는 규칙이 있습니다."

"매스컴 등에서는 알고 있지 않나요?"

"그건 잘 모르겠습니다. 하지만 암묵적인 룰이 있어서 매스컴에서도 다른 곳에 정보를 흘리지는 않을 겁니다."

"잘 알겠습니다. 계속 말씀해 주세요."

"아무튼, 그 편지를 발견한 저는 집으로 돌아가서 매니저에게 전화를 걸었습니다."

◀◀

"여보세요? 저 유이카예요."

[갑자기 무슨 바람이 분 거야. 말도 못 붙이게 하더니 웬일로 전화를 다 하고.]

매니저의 목소리는 언짢은 느낌이었다.

"큰일 났어요."

[큰일 난 건 이쪽이야. 무슨 말인지 알겠어? 너 때문에 지금…….]

"죄송해요. 제가 잘못했어요."

[너 때문에 그동안 얼마나 힘들었는지 알아?]

"제가 사과드릴게요. 아무튼, 지금은 도움이 필요해요. 가능한 빨리 저희 집으로 와 주세요."

[나도 바쁜 몸이야. 집에 이상한 편지가 온 것 정도로 일일이 찾아갈 만큼 한가하지 않아.]

전화는 일방적으로 끊겼다. 유이카는 전화를 다시 할까 망설이

다가, 일단 봉투를 확인해 보기로 했다. 봉투는 수신자를 제외하고 전과 같은 상태였다. 알아보기 어려운 글씨로 몹시 화난 듯한 내용이 쓰여 있었다. 활동을 갑자기 그만둔 것을 원망하고 있었다. 모델에서 그라비아 아이돌로 바꾼 것도 모자라 그라비아 아이돌까지 활동을 중지했으니 이만저만 화가 난 게 아닌 듯했다.

그녀는 그 봉투를 열어서 뒤집어 보았다. 그랬더니 또 사진들이 여러 장 나왔다. 그라비아 사진도 안 찍은 지 한참 되었는데 도대체 무슨 사진들을 보낸 거야 하고 집어 들어서 본 순간, 유이카는 얼굴에서 핏기가 사라졌다.

그 사진들은 그라비아 사진을 모방한 것이 아니었다. 그 남자가 전날 그녀가 한 행동을 그대로 따라 하며 찍은 것들이었다. 집에서 나가는 남자, 근처에 있는 쇼핑센터에서 식료품을 사는 남자, 같은 쇼핑센터에서 잡지를 사는 남자, 카페에서 커피를 마시는 남자, 집으로 돌아오는 남자.

"잠깐만요, 각각의 촬영 장소가 실제 계셨던 곳과 같다는 건가요?"
탐정이 놀란 표정으로 물었다.
"네."
"그러니까, 그 남자는 유이카 씨 집 근처에서 사진을 찍었다는 거군요?"

"맞습니다. 집 근처를 배회하고, 입구를 확인하고, 저의 행동을 전부 감시했던 겁니다. 저는 말할 수 없이 오싹한 기분이 들었습니다. 창문의 커튼을 치고 그 틈 사이로 바깥을 내다봤습니다. 저는 고층 아파트의 비교적 낮은 층에 살고 있습니다. 안을 들여다보려면 근처에 있는 고층 아파트에서 봐야 합니다. 그 남자가 근처 아파트에서 살고 있을 가능성도 있는 거죠. 그래서 저는 하루 종일 커튼을 닫고 살기로 했습니다."

유이카는 고개를 끄덕이며 얘기를 계속했다.

"이틀 후, 저는 장을 보러 나갔습니다. 외출하기 싫었지만, 장을 보지 않고 살 수는 없으니까요. 집 앞에서 택시를 불러 멀리 있는 쇼핑센터로 간 다음, 주위를 살피면서 많은 양의 장을 봤습니다. 한동안 장을 보러 나가지 않아도 되게 말입니다. 몇 시간 동안 장을 본 후 다시 택시를 타고 집에 돌아왔습니다. 그랬더니……."

"그랬더니?"

"우편함에 또 봉투가 들어 있었습니다. 이번엔 받는 사람조차 적혀 있지 않더군요. 직접 가져다 놓은 것이었겠죠. 그래서 저는 주위를 둘러보며 확인했습니다. 하지만 수상한 사람은 발견하지 못했어요. 그래도 안심을 할 수 없었죠. 저는 종종걸음으로 엘리베이터로 가서 서둘러 집에 들어갔습니다. 그리고 바로 봉투를 열어 봤더니…… 방에서 식사를 하는 남자, TV를 느긋하게 보는 남자, 웃는 얼굴로 전화 통화를 하는 남자, 목욕 후 전라로 머리를 말리고 있는 남자. 그런 사진들이 있었습니다. 저는 심한 구토감을 느꼈습니다. 그 역시 전부 제가 한 행동이었거든요. 사진을 찍은 장소도 제 방과 똑같이 생겼어요. 저는 다리에 힘이 풀려서 그 자리에 주저앉아 버렸습니다."

"혹시 유이카 씨의 방과 닮은 다른 방에서 찍었을 가능성은 없을까요? 사진을 찍은 장소가 어디냐에 따라 상황은 크게 달라집니다. 만약, 다른 곳에서 찍은 것이라면 망원 카메라 같은 것으로 감시당하고 있는 것이겠죠. 그게 아니라, 정말 당신 방에서 찍은 것이라면 방 안까지 침입한 것이고요."

"제 방이 맞았습니다. 일본에서는 구하기 힘든 물건도 찍혀 있었고, 벽에 있는 희미한 얼룩까지 완전히 일치했습니다. 그 남자는 제 방에 침입했던 것이 틀림없어요. 그리고 도청기나 몰래카메라 같은 걸 설치해서 저를 감시해 온 게 분명해요. 저는 그 사진을 보고 있던 순간에도 그 남자가 방 안에 있는 게 아닐까 하는 불안에 휩싸였습니다. 어디선가 들었던, 천장 위에 몰래 숨어 사는 사람의 얘기가 떠올랐거든요. 저는 공포에 떨면서 방 구석구석을 둘러봤습니다. 다행히도 수상한 남자의 모습은 없더군요. 도청기나 몰래카메라도 발견하지 못했습니다. 요즘 나온 것들은 워낙 교묘해서 아마추어인 제가 숨겨 놓은 것을 못 찾은 것일 수도 있지만요. 그러고 보니, 집 안에 있는 커다란 거울이 이상하게 비치는 것 같기도 했습니다. 어쨌든, 찾아내는 것은 전문가에게 맡길 수밖에 없다고 생각했어요. 혹시 몰라서, 거울을 사진으로 찍어 두었습니다."

"그러셨군요."

"도청기나 몰래카메라보다 훨씬 심각한 문제는 그 남자는 분명히 제 방에 들어왔었다는 것입니다. 그것도 몇 시간 동안이나 말이죠. 제가 돌아오기 몇 분 전까지 그곳에 있었을지도 몰라요. 그 남자가 제 방 안에서 홀딱 벗고 돌아다니면서 소파나 침대도 사용했다는 얘기잖아요. 저는 방 안에 있는 모든 것을 당장이라도 가져다 버리고 싶다는 충동을 느꼈습니다. 하지만 그건 현실적으로 어려운 것이었죠. 일단 부모님이 계신 집으로 피신할까도 생각했지만, 거기까지 쫓아올 거 같은 기분이 들었습니다. 신출귀몰한 그를 따돌리고 갈 자신이 없었어요. 저는 잠자리에 들 엄두가 나지 않아서 방 한가운데서 불을 켜 놓고 하룻밤을 꼬박 새우고 말았습니다."

탐정은 심각한 표정으로 고개를 끄덕였다.

"다음 날, 약국이 문을 여는 시간까지 기다렸다가 소독약을 사러 갔습니다. 물론 소독약을 뿌린다고 해서 그 남자의 땀이나 타액, 혹은 소변처럼 역겨운 것들의 흔적을 전부 지울 수는 없었죠. 적어도 병원균의 대책이 될지도 모르겠다는 판단이었습니다. 일종의 임시방편적인 위안에 지나지 않았지만, 그때는 그 정도밖에 생각할 수 없었습니다. 아무튼, 그렇게 소독약을 사서 양손에 들고 집으로 돌아와서 문손잡이를 돌리려고 할 때였습니다. 갑자기 알 수 없는 두근거림을 느꼈습니다."

◀◀

유이카는 안에서 중년 남자가 막 문을 열려는 것을 보고 있는 듯한 기분이 들었다. 그리고 그 순간, 그 남자가 무엇을 바라고 있는지 이해하게 되었다.

그 남자는 유이카가 되고 싶었던 것이다. 유이카를 흉내 내며 사진을 찍었던 이유도 그녀와 일체화하고 싶어서라는 생각이 들었다. 애니메이션 팬이 코스프레를 하는 것처럼, 그녀를 너무나도 사랑했던 남자는 사진의 모습을 그대로 따라 하면서 그녀가 되려고 했던 것이다.

자신은 후지 유이카라고 믿으려는 그 남자에게 있어서 진짜 후지 유이카의 예상외의 행동은 매우 화나는 일이었을 것이다. 유이카를 목표로 하고 그녀가 되려고 하는 상황에서 그녀의 변화는 그 남자에게 있어서 마라톤의 결승점 직전에 그 결승점이 달아나 버리는 것 같은 황당한 경험이다. 봉투에 적혀 있는 의미불명의 분노는 자신의 목표가 바뀌어 버리는 것에 대한 조바심의 표현이었던 것이다.

그렇게 생각하니 유이카는 남자가 자신의 방에 침입했던 의미도 다르게 보였다. 처음에 유이카는 남자가 자신을 해치거나 사생활을 훔쳐보는 '도착증'의 쾌감 만족이 목적이라고 생각했지만, 진짜 목적은 달랐다. 남자가 본인을 후지 유이카라고 생각했기 때문에 당연히 그녀의 집에 살아야 했던 것이다.

유이카는 문득 어떻게 그 남자가 집에 침입할 수 있었는지 궁금해졌다. 그녀는 고층 아파트에 살게 되면서 괜찮겠지 하는 생각에 발코니 창문을 잠그지 않고 외출하는 습관이 있었다. 그래서 그 남자가 마치 스파이더맨이나 배트맨처럼 발코니를 통해 침입한 것이 아닐까 생각했다. 그렇게 몰래 들어왔다가 방 안에서 예비 열쇠를 찾아내 복사를 해 두는 방법도 있었다.

그 남자가 자기 집이라고 생각하는데 발코니로 들어간다는 건 말이 안 되는 얘기 같긴 했다. 하지만 어차피 성별도 나이도 다른 자신을 유아카와 동일 인물이라고 생각하는 정도니까 어떻게든 자기 합리화를 시켰을 것이다.

그 남자는 인터넷이나 잡지 혹은 TV에서 유이카에 관한 정보를 닥치는 대로 모았을 것이다. 그리고 그것들을 바탕으로 스스로가 후지 유이카라는 가짜 기억을 만들었을 것이다. 그런 생각들이 점점 커지면서, 도청이나 몰래카메라까지 준비한 다음 후지 유이카로 사는 유사 체험까지 하고 있었을 것이다. 그리고 그 모든 것을 자신의 기억이라고 생각했을 것이다.

유이카는 그렇게 생각했지만, 아직까지는 전부 추측에 지나지 않았다. 그녀의 추리를 성립시키기 위해서는 어떤 증거가 필요했다.

그녀는 결심하고 조심스럽게 문의 손잡이를 돌렸다. 미세한 마찰음이 났지만, 귀를 기울이지 않으면 알아채지 못할 정도였다. 살짝 문을 연 그녀는 약간의 틈이 생기자 그 사이로 미끄러지듯 들어갔다. 현관에는 큰 변화가 없었지만, 있어야 할 슬리퍼한 짝이 보이지 않았다. 유이카는 그 남자가 신고 있을 것이라 생각했다.

그녀는 신발을 벗고 살금살금 집 안으로 들어갔다. 희미한 에어컨 소리가 들렸다. 그리고 아삭아삭, 하고 감자 칩 같은 걸 먹는 소리가 작게 들렸다. 유이카는 생각했다. 집을 비운 사이에 누군가 무단으로 침입을 한 것이 틀림없다고.

그녀는 거실로 다가가며 문에 귀를 가져다 댔다. 감자 칩을 먹는 소리가 계속 났다. 유이카는 정신을 집중하고 조용히 문을 열었다. 누군가가 등을 돌리고 소파에 앉아 있었다. 그 사람은 유이카나 입을 만한 여성용 옷을 입고 있었다. 그리고 그녀가 사다 놓은 것으로 보이는 감자 칩을 게걸스럽게 먹고 있었다.

유이카는 몰래 그 사람 쪽으로 다가갔다. 나중에 생각하니 스스로도 어떻게 그럴 수 있었는지 알 수 없었다. 아마도 그때 그녀의 심정은 자신이 유이카라고 믿고 있는 이 사람 앞에 갑자기 진짜가 나타나면 어떤 반응을 보일지 궁금했었던 것 같다.

그녀는 상상해 보았다. 방에 있는데 갑자기 등 뒤에서 인기척이 느껴져서 뒤돌아보니 그 자리에 또 하나의 자신이 있는 것을. 아니, 이 사람은 유이카를 보고 자기 자신이라고 인식하지 않을지도 모른다. 자신을 닮은 사람이라고 생각하거나 전혀 닮지 않은 사람이라고 생각할 수도 있다. 그런 생각을 하던 유이카는 심호흡을 한 다음 말을 걸었다.

"당신 누구야?"

그 수수께끼의 인물은 갑자기 움직임을 멈추었다. 손에 들고 있는 감자 칩 한 조각을 바닥에 떨어뜨렸다. 그가 부들부들 떨고 있다는 것을 분명히 알 수 있었다.

물론 떨고 있는 건 그녀 역시 마찬가지였다.

그 사람은 슬로모션처럼 천천히 뒤돌았다.

턱에서 볼에 이르는 낯 익은 얼굴 윤곽.

사진 속의 그 남자가 틀림없었다.

남자는 유이카와 똑같은 옷을 입고 있었다.

그녀가 옷을 사는 것을 보고 같은 것을 샀을 것이다.

그리고 두 사람은 눈을 마주쳤다.

"앗!"

뭔가 번갯불 같은 것이 두 사람의 눈 사이에서 번쩍인 듯한 기분이었다. 유이카는 다리에 힘이 풀리면서 그 자리에 주저앉았다. 그리고 가방에서 핸드폰을 급히 꺼냈다.

▶▶

"어떻게든 전화 버튼을 누른 거까지는 기억합니다. 다음 순간 굵직한 남자의 비명이 들렸고, 저는 의식을 잃었습니다. 정신이 들었을 때는 회사에서 여러 사람이 와 있었습니다. 저는 병원에 입원한 상태였습니다."

유이카는 크게 한숨을 쉬었다.

"저를 담당한 의사 선생님은 여성분이었습니다. 저는 겪었던 모든 것을 그분에게 말했습니다. 제가 후지 유이카라는 것을 금방 알아보더군요. 저는 울면서 그동안 얼마나 무서웠는지 설명했습니다. 의사 선생님은 고개를 끄덕이며 들어 주었습니다. 저는 그분에게 방에 설치되어 있을 몰래카메라나 도청기 등을 모두 찾아서 없애 달라고 부탁했습니다. 그녀는 계속해서 고개를 끄덕였습니다. 집 안의 거울도 뭔가 이상하니 살펴봐 달라고 했습니다. 그랬더니 그녀는 이해할 수 없다는 표정을 짓더군요. 그래서 제가 말했습니다. 그건 매직미러이고, 저는 거울 반대편에 있는 기분 나쁜 얼굴을 보고 말았다고요. 그러자 의사 선생님이 사진을 보여 주며 그러시더군요. 그 남자가 바로 이 사람이냐고.

그래서 네, 바로 이 남자입니다, 라고 했습니다. 그녀는 저의 새 매니저가 되어 주었습니다. 그리고 이 동네에 아주 유명한 탐정이 있다고 알려 주더군요."

"무척 흥미로운 얘기군요."

모든 이야기를 들은 탐정은 만족스러운 미소를 지었다.

"그 남자가 거울 속에 있는 것이 보였던 거군요."

"네, 그렇습니다. 제가 그 증거를 가져왔습니다."

의뢰인은 가방에서 손거울을 꺼내 들었다.

"그 증거가 뭔가요?"

"남자의 얼굴이 거울 속에 비치고 있었어요."

"그런가요?"

탐정이 의심스러운 말투로 물었다.

"그런데 그 남자의 얼굴은 어디에 있나요?"

"이 속에 있습니다."

"아, 알겠습니다. 그건 조금 있다가 보여 주세요."

*

"훌륭해."

한동안 침묵이 흘렀고, 뭔가 생각 중이던 탐정이 감격스러운 표정을 지었다. 그가 나에게 질문을 던졌다.

"자네, 이렇게 기묘한 사건을 접한 적이 있나?"

"아뇨, 저는 지금까지 사건 자체를 접한 적이 없습니다."

"그것 참 안된 일이군. 그나저나, 이 사건의 특징은 뭐라고 생각하나?"

"물적 증거가 적다는 것?"

"꼭 그렇다고 볼 수는 없어. 얘기만 들으면 물적 증거가 별로 없는 것 같지만, 만약 경찰이 움직였다면 얼마든지 물적 증거를 찾아냈을지도 몰라."

"왜 경찰에 연락하지 않았을까요?"

"경찰에 연락하면 매스컴에도 알려지기 때문이겠죠."

차분히 대답한 의뢰인이 말을 이었다.

"남자는 저희 집에 침입했습니다. 그 자체만으로도 스캔들이 됩니다. 제 아이돌로서의 생명이 끊기고 마는 거죠."

고개를 끄덕이던 나는 탐정에게 질문을 했다.

"그런데 의사분이 매니저가 돼 줬다는 건 어떻게 된 일인가요?"

"아마 자진해서 회사에 부탁했겠지. 그분이라면 충분히 그럴 수도 있거든."

"아시는 분인가요?"

"응, 그분하고는 어떤 사건을 계기로 알게 되었지. 그 이후로 이런 독특한 사건이 있으면 나에게 소개해 주곤 한다네."

"그렇지만 사건의 수사는 경찰이 할 일이잖아요?"

"물론이지. 하지만 경찰의 획일적 수사로 보이지 않는 진실을 놓칠 수 있지. 그분은 그런 사건을 발견할 때마다 나에게 소개해 주고 있어."

"의사가 그래도 괜찮은 건가요? 매니저를 하다니."

"괜찮아. 어차피 그녀는 진짜 의사도 아니야. 병원의 위탁을 받은 카운슬러라고 할 수 있지."

"하지만 의뢰인께서 의사라고 했는데요?"

"그건 그냥 그렇게 생각했을 뿐이야. 사소한 부분이니 중요하지 않아. 아무튼, 자네는 당분간 아무 말 말아 주게."

나는 뭔가 한마디 하려다가 바보 같다는 생각이 들어서 그만두었다.

"아, 후지이 씨."

탐정이 의뢰인을 불렀다.

"후지이가 아니라 후지입니다."

유이카가 대답했다.

"아, 맞다. 후지 유이카 씨라고 했죠. 범인이 비쳤다는 욕실 거울을 자세하게 조사해 본 건가요?"

"네, 거울 뒤편에는 깊이 40cm 정도의 움푹 파인 공간이 있었습니다. 거울 전체를 떼어내서 안으로 들어갈 수 있게 되어 있었죠."

"그 아파트를 소개시켜 준 사람은 누군가요?"

"이전 매니저입니다. 회사가 소유한 건물을 소속 연예인이 임대하는 형태입니다."

"매니저는 당연히 당신의 집 열쇠를 가지고 있겠네요."

"맞습니다. 제가 일로 바쁠 때 물건이나 갈아입을 옷을 가져오기 위해 열쇠를 가지고 있어야 하거든요."

"그러니까, 이전 매니저는 당신이 집을 비우는 사이에 자유롭게 당신 집에 들락거릴 수 있었던 거군요."

"네, 그렇습니다만⋯⋯."

"그뿐 아니라, 그 집에 들어가기 전에 여러 가지 장비를 심어두는 것도 가능하겠군요."

"설마⋯⋯ 이전 매니저가 범인이라고 말씀하시는 건 아니죠?"

"그게 가장 유력한 답입니다. 당신의 정보를 즉석에서 입수해서 사진 촬영을 할 수도 있고, 아파트에도 자유롭게 출입할 수 있고, 방을 마음대로 개조까지 할 수 있는 '초인적인 스토커'가 있다고 가정하는 것보다는 모든 것이 매니저의 짓이라고 생각하는 편이 자연스럽습니다. 어떤 현상을 설명하는 가설이 여러 개 있을 경우, 가장 가정이 적은 가설을 선택하는 것이 좋습니다. 그것이 바로 과학 철학에서 말하는 '오캄의 면도칼 원리(어떤 사실 또는 현상에 대한 설명들 가운데 논리적으로 가장 단순한 것이 진실일 가능성이 높다는 원칙. 불필요한 가정은 면도칼로 자르라는 영국의 철학자 윌리엄 오캄의 주장에서 유래됨.)'입니다.

아무리 미리 준비해 놓았다고 해도, 몇 시간 안에 그렇게 사진을 여러 장 찍는 건 무척 어려운 일입니다. 또한, 당신의 아파트에는 침입할 수 있어도 방을 개조하는 것은 불가능합니다. 하지만 매니저가 범인이라고 생각하면 당신이 어떤 사진을 찍었는지 아는 건 쉽겠죠. 그럼 잡지가 발간되기를 기다릴 필요도 없이 느긋하게 사진을 찍어도 되겠죠. 그리고 숨겨진 방이나 매직미러가 있는 집을 당신에게 제공할 수도 있겠고요."

"그의 얼굴은 범인과 전혀 닮지 않았어요."

"변장 때문에 그렇게 보일지도 모릅니다. 아니면 사람을 따로 고용했을 수도 있고요. 연예인 소속사에서 일하고 있으니까 몰래카메라 프로그램을 기획한다고 적당히 속여서 지명도 낮은 배우를 이용할 수도 있겠죠."

"하지만 그 사람은 저를 위해서 경찰에 몇 번이고 갔었습니다."

"그가 경찰에 간 것을 직접 확인하셨나요? 아니시죠?"

"그야 그렇습니다만……. 설마 경찰에게 얘기한 것 자체가 거짓말이었다는 건가요?"

"그럴 가능성이 높습니다. 한번 경찰에 확인해 보세요. 그러면 확실하게 알 수 있겠죠. 이전 매니저는 자취를 감추었죠?"

"네."

의뢰인은 고개를 끄덕였다.

"하지만…… 그가 범인이란 것이 도저히 믿기지 않습니다."

"그가 범인입니다. 아까 하신 말씀에 따르면, 스토커의 편지가 당신의 아파트에 왔을 때 당신이 그 사실을 그에게 전하기도 전에 그는 이미 그걸 알고 있었습니다. 집에 이상한 편지가 온 것 정도로 일일이 찾아갈 만큼 한가하지 않아, 라고 했으니까요."

의뢰인은 놀라며 눈을 크게 떴다.

"……그 사람이 왜 그런 짓을 했을까요?"

"그건 저도 모르겠습니다. 당신에게 차여서 분풀이를 한 것일 수도 있죠. 아니면 단순하게 당신에게 겁을 줘서 자신을 의지하도록 만들려는 것이 목적이었을지도 모르구요. 그나저나 한 가지 질문을 드리고 싶은데요, 대답해 주실 수 있으세요?"

"아, 네. 무슨 질문이시죠?"

"조금 전에 손거울을 꺼낸 건 무슨 이유 때문이죠?"

"특별한 의미는 없습니다. 그냥 이 핸드폰을 꺼내려는데 방해가 되었거든요. 그래서 먼저 손거울을 꺼내야 했습니다."

그녀가 꺼내서 보여 준 핸드폰 화면에는 거울 안쪽에서 이쪽을 보고 있는 남자의 기분 나쁜 사진이 있었다.

"그런 거였군요."

탐정은 갑자기 흥미를 잃었는지 의자에 앉은 채 하품을 했다.

"경찰에 연락해서 그를 체포할 것인지, 혹은 다른 방법을 써서 그를 잡아 뒤처리를 할 건지, 아니면 이대로 없었던 걸로 할 건지는 직접 회사와 상의해 보세요. 저희 쪽에는 지정된 요금만 지불해 주시면 그만입니다."

"네, 잘 알겠습니다. 감사합니다."

의뢰인, 후지 유이카는 만족스러운 얼굴로 미소를 지었다. 수수께끼가 풀린 안도감 때문인지, 왔을 때의 초조한 분위기는 완전히 사라져 있었다. 그리고 다시 되찾은 아이돌로서 빛나는 그녀의 아우라를 나는 넋을 잃고 바라봤다.

소어법

"저와 똑같은 능력을 가진 사람을 회사에서 만나게 되었습니다."

의뢰인은 다짜고짜 그렇게 말했다.

의뢰인의 이름은 나카무라 토코. 다소 강인한 인상의 젊은 여성이었다. 슬림한 정장을 맵시 있게 차려입은 것으로 봐서 일을 꼼꼼하게 잘하는 직장인이거나 그런 사람으로 보이고 싶은 사람 같았다.

"아, 네."

짧게 대답한 탐정은 대수롭지,않다는 투로 말을 이었다.

"그럴 수 있겠죠. 같은 회사에 다니는 사람들의 능력이 비슷한 건 당연한 것이니까요. 그래서 그게 어떻다는 거죠?"

"제 얘기를 잘못 이해하신 것 같습니다."

"네? 어째서 제가 잘못 이해하고 있다고 생각하시죠?"

탐정이 무표정한 얼굴로 물었다.

"처음 만난 저의 능력을 파악할 수 있는 사람은 없으니까요."

자신만만하게 대답한 토코는 약간 깔보는 표정으로 나를 손가락으로 가리켰다.

"그런데 저분은 누군가요?"

"아아, 그러니까……."

"저는 신경 쓰지 않으셔도 됩니다."

내가 말했다.

"특별히 당신이 신경 쓰이는 건 아닙니다. 제 능력을 설명하기에 딱 적당할 것 같아서……."

토코가 핸드백에서 스마트폰을 꺼내더니 벽 쪽을 가리켰다.

"두 분, 그곳에 나란히 서 주실래요?"

"갑자기 그래야 하는 이유가 있나요?"

내가 물었다.

"그건 좀 이따 알려 드리겠습니다."

"알겠습니다. 자네는 일단 이쪽으로 와 보게. 나카무라 씨가 하라는 대로 해 보자고."

나는 하는 수 없이 탐정 옆에 섰다. 토코는 스마트폰으로 사진을 찍었다.

"한 장만 더, 선생님 빼고 당신만 찍고 싶은데 그래도 될까요?"

탐정은 벽에서 떨어지면서 나에게 시키는 대로 하자는 눈빛을 보냈다.

"아, 그러세요."

내가 대답하자마자 토코는 셔터 버튼을 눌렀다.

"이제 됐습니다."

"그 사진은 어디에 쓰실 건가요?"

내가 물었다.

"걱정 마세요. 실험에만 사용할 거니까 당신에게 폐를 끼치는 일은 없을 겁니다. 실험이 끝나면 바로 삭제할 거구요."

"악용될까 봐 걱정하는 건 아니고, 그냥 궁금해서⋯⋯."

토코는 싱긋 웃더니 내게 다가와서 손가락으로 가리켰다.

"너 같은 건 사라져 버려!"

"네?"

나는 깜짝 놀랐다.

"나카무라 씨와 원래부터 아는 사이인가?"

탐정이 물었다.

"아뇨."

탐정을 향해 고개를 저은 나는 토코에게 따지듯 물었다.

"갑자기 저한테 왜 그러시죠?"

"아, 신경 쓰지 않으셔도 됩니다."

"아니, 그런 말을 듣고 어떻게 신경을 안 쓰죠?"

토코는 살짝 미소를 지으며 말했다.

"이건 단순한 의식 같은 겁니다. 잠시만 저와 선생님의 시야에서 사라져 주실래요?"

"뭐라고요?"

그녀의 말에 나는 발끈하고 말았다. 탐정은 내가 한마디 더 하려는 것을 가로막으며 그녀에게 물었다.

"그것도 의식을 위한 건가요?"

그녀는 짧게 대답했다.

"네, 맞습니다."

"시야에서 사라지라는 건, 이 사무실에서 나가라는 의미인가요? 아니면 그냥 다른 방에 가 있어도 되는 건가요?"

"사무실 밖으로 나가는 게 가장 좋긴 하지만, 다른 방에 가 계셔도 상관없습니다. 다만, 절대 인기척은 내지 말아 주세요."

나는 불쾌한 표정을 감추지 않았다.

"그렇게 닌자처럼 숨죽이고 있는 건 못 합니다."

"닌자의 기술은 필요 없습니다. 그저 가만히 앉아서 조용히 있기만 하면 됩니다. 신발 소리, 책상이나 의자 삐꺽거리는 소리, 기침 소리, 코고는 소리만 내지 않으시면⋯⋯."

"저는 코 같은 거 안 곱니다."

"아무튼, 일단 나카무라 씨가 말씀하신 대로 해 주지 않겠나?"

탐정은 나에게 타이르듯 말했지만, 왠지 재밌어하는 눈치였다.

"알겠습니다. 그럼 얼마 동안 그렇게 있으면 되죠?"

내 질문에 그녀가 미소를 지으며 대답했다.

"지금까지의 경험에 따르면 몇 분 동안이면 될 것 같습니다. 때에 따라서는 10분 이상 걸리기도 합니다만."

탐정이 고개를 끄덕이며 내게 말했다.

"그럼 10분 정도 자리를 피해 주게."

"그렇게 하죠."

나는 바로 옆방으로 가서 문을 닫았다.

"자, 그럼 계속 말씀드리겠습니다. 조금 전에 저는 저 자신에게 능력이 있다고 말씀드렸죠."

토코가 다시 진지한 얼굴로 얘기를 시작했다. 문은 닫혀 있었지만, 대화 내용은 그대로 들렸다. 문에 붙은 창을 통해 방 안 모습도 보였다.

"네, 그렇게 말씀하셨습니다."

"제가 그냥 '능력'이라고 했지만, 능력의 종류는 여러 가지가 있죠."

"네, 회사에서 평가받은 능력이라면 프로그래밍 능력이나 영어 회화 실력 등 여러 가지가 있으니까요."

"네, 하지만 제가 얘기한 능력은 '초능력'입니다."

"그 말씀은, 보통 사람들보다 뛰어난 능력을 가지고 계신다는 뜻인가요? 예를 들어 보통 사람의 두 배 속도로 일을 처리한다든가 아니면 올림픽 선수 정도의 운동 실력이 있다든가…….”

“그런 건 아닙니다. 초능력이면 그냥 초능력이죠.”

“그러니까 그런 거 말씀이세요? 만화에서 나오는 것처럼 손에서 거미줄이 나온다든가, 하늘을 난다든가, 녹색 괴물이 된다든가 하는 거요?”

“네, 그런 종류라고 할 수 있죠. 다만 지금 말씀하신 예와는 다른 겁니다.”

탐정은 팔짱을 끼고 잠시 생각에 빠졌다. 토코가 말했다.

“못 믿으시는군요.”

“못 믿는 게 아닙니다. 다만 어떤 능력인지 파악이 되지 않아서요. 그냥 초능력이 있다고만 하시니 감이 안 오네요.”

“선생님, 이분 아세요?”

“글쎄요.”

“조금 전에 이 스마트폰으로 찍은 겁니다.”

“흠, 분명히 배경은 이 사무실이 맞는 거 같네요. 하지만 이 여성은 누군지 모르겠습니다.”

“그럼, 이 사진을 보신 적은 있습니까? 선생님과 그 여성이 같이 찍은 사진입니다.”

“조금 전에 제 사진을 찍으신 건 기억납니다만…….”

“이 여성은 선생님의 조수분이십니다. 조금 전까지는요.”

"설마요."

"정말입니다. 저는 사람을 사라지게 하는 능력을 가지고 있습니다."

"투명 인간으로 만든다는 건가요?"

"아뇨, 단순하게 보이지 않게 만드는 것뿐 아니라, 존재 자체를 없애 버릴 수 있습니다."

"그럼 살해한다는 건가요?"

"그런 게 아닙니다. 목숨을 빼앗는 게 아니라, 존재를 지워 버리는 겁니다."

"그게 어떻게 다른 건지 잘 모르겠는데요."

"목숨을 빼앗는 경우에는 사체가 남겠죠. 하지만 저의 능력을 사용하면 사체도 남지 않습니다."

"죽인 다음 사체도 없애 버린다는 건가요?"

"그런 게 아니구요. 존재 자체를 소멸시켜서 사체가 없는 겁니다. 그 사람이 죽었다는 사실조차 남지 않는 거죠."

"죽었다는 사실조차 남지 않는다는 말씀의 의미를 잘 모르겠습니다만……."

"그러니까, 그 사람의 과거로 거슬러 올라가서 존재를 지우는 겁니다. 그런 사람은 처음부터 없었던 것처럼 사람들의 기억 속에서도 지워지고요."

"그건 있을 수 없습니다. 아무리 모든 물적 증거를 없애 버린다고 해도 사람들의 기억에는 남지 않습니까?"

"기억에 남을 수가 없습니다. 왜냐하면 처음부터 그런 사람은 없었던 것이 되니까요."

토코는 득의양양한 미소를 지었다.

"그러니까, 아까는 사진 속의 이 여성이 이곳에 있었는데 당신이 초능력으로 그 존재를 지워 버렸다는 말씀이시군요."

"네, 그렇습니다."

"그녀의 과거까지 거슬러 올라가서 그녀의 존재를 없앴기 때문에 제 기억 속에 있어야 할 그녀도 같이 사라졌다는 거구요."

"네."

"그런데 좀 걸리는 게 있네요."

"뭐가요?"

"이런 현상의 원리 말입니다. 정말로 시간을 거슬러 올라가 없애는 건지, 아니면 그냥 기억 개조일 뿐인지 말이죠."

"어느 쪽이든 결과는 같습니다."

"아니, 저는 전혀 다르다고 생각합니다. 전자라면 현대 물리학을 뒤집을 만한 대발견이지만, 후자라면 최면술과 다르지 않게 되니까요."

"최면술은 아닙니다. 그를 아는 모든 사람의 기억에서 사라지는 거니까요."

탐정은 어색한 미소를 지었다.

"흐음……."

"아직도 못 믿으시겠습니까?"

"아뇨, 당신이 거짓말을 하는 것이 아니라는 건 믿습니다. 그래서 그 능력은 언제부터 생긴 건가요?"

"반년 전부터입니다."

"그 당시 주변에 뭔가 이상한 일이 발생했었나요?"

"별다른 일은 없었습니다."

"정말인가요? 잘 좀 생각해 보세요."

토코는 곰곰이 생각했다.

"네, 굳이 말하자면……."

"굳이 말하자면?"

"회사 분위기가 삭막해졌다고 할까요."

"그럼 전에는 분위기가 그렇게 나쁘지 않았다는 거군요?"

"네, 특별히 직원들 사이가 좋았던 건 아니지만요, 그 정도로 삭막하지는 않았거든요."

"무슨 일이 있었나요?"

"정리 해고가……."

"정리 해고가 진행 중이었군요."

"아뇨, 앞으로 큰 정리 해고가 있을 거라는 소문이 있었습니다."

"소문만 있었나요?"

"소문만으로도 보통 일이 아니었죠. 생계가 걸려 있으니까요.

선생님께서는 사업주이시니까 그런 걱정은 없으시겠지만…….”

탐정이 웃으면서 말했다.

“정리 해고가 없더라도 언제 일거리가 떨어질지 모르는 것이 자영업이라, 그렇게 좋은 것도 아닙니다.”

“이 동네 최고의 탐정이신데도요?”

“그렇다고들 합니다만, 명탐정이라고 해도 드라마나 소설의 세계와는 다르거든요. 실제로 벌어지는 범죄는 경찰이 담당합니다. 저 같은 사람이 현장에 출동할 일은 없죠.”

“그럼 선생님이 주로 하시는 일은 뭔가요?”

“크게 세 가지입니다. 첫 번째는 경찰이 갈 필요도 없는 사건입니다. 범죄 가능성이 미묘한 수준의 일들이죠. 일주일에 한 번 정도 찾아오는 스토커가 있다든가, 오전 8시경에 피아노를 치는 소리가 시끄러워서 잠을 못 잔다든가.”

“확실히 미묘하군요.”

“두 번째는 피해자가 사건화시키고 싶지 않은 경우입니다. 자신의 회사에서 범죄자를 내고 싶지 않은 경영자라든가 스캔들을 두려워하는 연예인 등이 해당하죠.”

“그런 일도 있겠군요.”

“그리고 세 번째가 경찰 관할 밖의 사건입니다. 즉, 국제적인 모략이나 오컬트 관련 사건 등이 있습니다.”

“모략이라든가 오컬트라는 단어를 들으니 아무래도 경찰들이

나서 줄 것 같지 않군요. 단순한 망상에 지나지 않다고 생각할 테니…….”

“단순한 망상이라면 그나마 낫습니다. 대부분이 성가신 문제를 가지고 있거든요. 그나저나, 정리 해고가 있을 거라는 소문으로 직장의 분위기가 삭막해졌고, 그다음에는 어떤 일이 있었나요?”

탐정은 다시 본론으로 돌아와서 물었다.

“실적 악화의 책임을 서로 떠넘겼습니다.”

“책임은 경영주에게 있는 거 아닌가요?”

“경영주는 그걸 인정하지 않더라고요.”

“그럼, 실적 악화의 책임을 물을 사람을 찾아내서 해고하겠다고 했나요?”

“그렇게 확실하게 말하지는 않았습니다. 하지만 ‘경력 향상을 목표로 하는 사람들을 위해 이직 지원 제도를 만들 계획이 있다.’라는 공지가 있었습니다.”

“이직 지원이요?”

“퇴사하고 싶은 사람은 원만하게 퇴직시켜 준다는 얘기죠.”

“그렇군요. 그럼 퇴사를 원하는 사람을 지명했겠군요.”

“지명 해고는 법률상 어렵다고 하네요.”

“그럼 어떻게 한다는 건가요?”

“소문에 따르면, 사직시키고 싶은 사람에게는 일을 그만두도록 유도할 것이라고 했어요.”

"그런 게 가능한가요?"

"쉽게 말하면 괴롭힘이나 따돌림 같은 대우를 하는 거죠."

"요즘 같은 시기에 그런 짓을 했다간 회사에 안 좋을 텐데요."

"본인이 어떻게 느끼느냐에 따라 다르겠죠. 객관적으로는 농
담이나 커뮤니케이션의 일환이라도 본인에게는 고통스럽게 느
껴지는 경우가 있으니까요. 예를 들면 아침에 조례를 할 때 같은
사람에게 몇 번이고 연설을 하게 만든다거나, 출근이 두 시간 이
상 걸리는 곳으로 전근시키거나 하는 것처럼요."

"그러는 건 괜찮나요?"

"'그레이존'이죠. 심증은 있지만 객관적으로 판단하기 애매하
니까요. 저희 회사의 경우 그렇게까지 가기 전에 직원들끼리 자
체 정리를 했어요."

"어떻게요?"

"회사에서 타깃을 정하기 전에 몇 명이 퇴사해 주면 추가 정리
해고를 할 필요가 없어지잖아요."

"그러니까, 직원들끼리 서로 일을 그만두도록 유도했다는 건
가요?"

"네."

"구체적으로 어떤 건가요?"

"초등학생들의 괴롭힘 같은 거죠. 데스크 위에 더러운 걸레를
올려놓거나, 작성 중인 문서를 마음대로 삭제하거나, 사물함에

낙서를 하거나."

"어른들이 정말 그런 유치한 짓을 하나요?"

"회사에 남으려면 별수 없었겠죠. 아무튼 저 역시 그런 괴롭힘의 타깃이 되었습니다."

"그건 경영주의 지시였나요?"

"확실하지는 않지만, 아마 아닐 겁니다. 단순히 저를 싫어하는 동료들 몇 명이 결탁했던 거 같아요."

"회사 동료들하고 별로 친하지 않으셨나요?"

"친하지 않았다고 할까, 제가 뭐든지 직설적으로 말하는 경향이 있어서 그걸 싫어하는 사람들이 좀 있었나 봐요."

"그랬군요. 그래서 어떤 일이 있었나요?"

"저를 괴롭히는 그룹의 주모자를 휴게실로 불러냈습니다. 하시즈키라는 동료 여직원입니다."

"그 여성분이 주모자라는 건 어떻게 아셨습니까?"

"그건 알 수 있죠."

"어떻게 아신 건가요?"

"표정이나 눈의 움직임만 보면 대체로 알 수 있습니다."

"그런 게 가능한가요?"

"가능합니다. 저는 눈치가 빠르거든요."

"그럼, 불러내서 어떻게 하셨죠?"

"확실하게 말했습니다. 나를 괴롭히는 짓을 당장 그만두라고요."

"상대방이 받아들이던가요?"

토코는 고개를 저었다.

"무슨 소리를 하는지 모르겠다며 시치미를 떼더군요."

"혹시 정말로 몰랐을 가능성은 없었나요?"

"네, 그럴 가능성은 제로입니다."

"어떻게 그렇게 단정하실 수 있죠?"

"그녀의 태도로 알 수 있었습니다. 제 얼굴을 제대로 못 보겠는지 눈동자가 흔들렸습니다. 저는 지금까지의 일들은 용서할 테니 앞으로 그러지 말라고 말했죠."

"그래서, 그녀의 태도는 바뀌었나요?"

"아뇨, 그래서 저는 다시 말했습니다."

◀◀

"이거 정말 안 되겠군."

토코는 하시즈키를 노려보았다.

"도대체 무슨 말을 하는 건지 모르겠어."

토코는 하시즈키가 계속해서 시치미를 떼고 있다고 생각했다.

"네가 내 PC 하드 디스크 고장 냈지? 어떻게 할 거야. 그 안에 정말 중요한 데이터가 들어 있었단 말이야."

"나는 그런 적 없어. 그리고 하드 디스크가 고장 나는 경우는 얼마든지 있잖아. 애당초 백업을 해 두지 않았던 네 잘못 아니야?"

"일일이 백업해 두는 사람이 어딨어. 일하느라 바쁜데 그럴 시간이 어디 있냐고."

"나는 백업하고 있어. 그것도 해야 할 일 중에 하나야."

"너야 그럴 시간이 나니까 가능하지."

"그건 내가 일을 빨리 끝내니까 그렇지. 너처럼 일도 느린 데다 자신의 실수를 다른 사람에게 전가하는 사람이 일이 바쁘다는 건 핑계에 지나지 않아."

하시즈키는 그렇게 말한 후 돌아서 나가려고 했다.

"잠깐, 내 말 아직 안 끝났어."

"난 네 심심풀이 말상대를 해 줄 시간이 없어."

"심심풀이라고?"

"정말로 바쁘면 이렇게 남에게 트집이나 잡을 여유 같은 건 없어. 이건 스스로 할 일 없는 사람이라고 증명하는 거라고."

"이건 심심풀이가 아니라 날 괴롭히는 짓 그만하라고⋯⋯."

"정말 쓸모없는 인간이라니까."

빈정거리듯 중얼거린 하시즈키가 옅은 웃음을 머금고는 말을 이었다.

"다들 그렇게 생각하고 있어."

"뭐라고?"

"다들 네가 민폐라고 생각한다고. 정리 해고 한다는 소문 들었지? 누군가 일을 그만둬야 한다면 그런 사람이 그만두는 게 최선 아니겠어?"

"그건 말도 안 되는 소리야."

"말도 안 되긴. 다들 네가 문제라고 생각하고 있어. 나카무라 같은 애는 없어지는 게 낫다고 말이야."

"너야말로 사라져 버려!"

"저는 화가 나서 그렇게 소리쳤어요. 그랬더니 갑자기 하시즈 키가 말을 멈추더군요. 얼굴이 무표정이 되더니 마치 제가 보이지 않는 듯한 태도를 보였습니다. 순식간에 존재감이 희미해져서 공기 중에 녹아 없어지는 것 같다고 할까요. 하시즈키는 휙하고 발길을 돌리더니 휴게실 밖으로 나가 버렸습니다."

"그 당시 휴게실 안에 다른 사람도 있었나요?"

"네, 저희 말고 두세 사람 더 있었습니다."

"그분들은 당신이 하시즈키 씨와 하는 얘기를 들었나요?"

"네, 제가 소리쳐서 놀랐는지 저희 쪽을 보고 있었습니다."

"그랬군요. 잘 알겠습니다. 계속 말씀해 주세요."

"저는 바로 제 자리로 돌아왔습니다. 그런데 먼저 나간 하시즈 키가 보이지 않더라고요. 그날 계속 나타나지 않길래 다른 사람에게 물어볼까 했지만, 다들 저를 민폐로 생각한다는 말이 떠올라서 그냥 모르는 척하기로 했습니다. 그런데 다음 날 하시즈키가 출근하지 않았습니다. 저는 저랑 말다툼한 것 때문에 얼굴 보기 거북해서 하루 쉬기로 한 줄 알았죠. 하지만 다음 날도 또 그 다음 날도 계속 결근을 하는 게 아니겠습니까. 그래서 큰맘 먹고 점심시간에 다른 동료에게 물어보기로 했습니다."

◀◀

"요즘 하시즈키 계속 회사 안 나오네. 무슨 일 있는 건가?"

"누구? 누가 회사에 안 나온다고?"

동료가 토코에게 되물었다.

"하, 시, 즈, 키 말이야."

토코는 장난스러운 말투로 한 글자씩 끊어서 발음했다.

"하, 시, 즈, 키?"

동료는 토코를 흉내 내듯이 한 글자씩 끊어서 발음하더니 "그 게 누구야?"라고 되물었다.

"지금 혹시 장난하는 거야?"

"장난이라니, 어느 부서 사람인데?"

"당연히 우리 부서지. 얼마 전에 휴게실에서 나랑 말다툼했잖아."

"음…… 누굴 말하는지 모르겠네."

토코는 다른 동료에게도 물었다.

"하시즈키 알지?"

그 동료는 잠시 생각에 잠긴 듯하더니 천천히 대답을 했다.

"미안하지만, 그런 사람, 기억 안 나는데."

"아니, 기억이 안 날 리가 없잖아. 항상 같이 일하던 사람인데."

동료들은 이상하다는 표정을 짓더니 서로 얼굴을 마주 보았다.

"뭐야? 왜 나만 이상한 사람이 된 거지? 니들 지금 짜고 나 놀리는 거야? 잠깐만…… 그래, 알았어. 사무실로 가서 자리를 확인하면 확실해지겠지?"

토코는 점심 식사를 빨리 끝내고 사무실로 돌아갔다.

"자, 봐. 이 자리가 바로 하시즈키의……."

토코가 가리킨 곳에는 데스크가 없었다. 정확하게는 그 자리가 비어 있는 게 아니었다. 사무실 전체의 배치가 미묘하게 바뀌어서 하시즈키의 데스크가 자연스럽게 사라져 있었다. 처음부터 그곳에 데스크가 없었던 것처럼 빈자리의 느낌이 들지 않았던 것이다. 토코는 다른 사람들에게 물었다.

"여기 있던 데스크 어디 갔어?"

"무슨 소리야. 거긴 원래 비어 있었어. 그 자리는 데스크가 들어갈 여유도 없잖아."

"아니야. 데스크의 위치가 조금씩 바뀌었어. 분명히 이 줄의 데스크들은 좀 더 창가 쪽에 있었는데……."

"지금, 무슨 장난하는 거야?"

"아냐. 아냐, 아냐. 내가 이런 장난을 왜 해."

"그럼, 그런 소리 그만해. 괜히 기분 이상해지잖아."

"잠깐 있어 봐."

토코는 과장의 자리로 갔다.

"과장님, 하시즈키의 데스크는 어떻게 된 건가요?"

"뭐? 누구의 데스크?"

과장은 멍한 표정으로 토코를 쳐다봤다.

"아닙니다. 제가 잘못 안 것 같습니다."

그녀는 바로 자신의 자리로 돌아왔다. 토코는 어떻게 된 건지 이해가 되지 않았지만, 하시즈키가 없어진 것이 자신에게 안 좋은 일은 아니었다. 왜 하시즈키가 사라진 건지 하나하나 따져 봤자 아무런 도움이 안 될 건 분명했다. 그냥 그녀가 처음부터 없었던 걸로 해 두면 문제는 없으니 더 추궁할 필요는 없었다.

토코는 하시즈키를 잊고 살기로 했다. 하시즈키가 없으니 평온해질 것이라 생각했다. 하지만 그렇지 않았다. 하시즈키의 빈자리를 채우듯이 히다라는 여성이 토코를 괴롭히는 그룹의 리더가 된 것이다. 하시즈키의 빈자리를 차지했다는 건 토코만의 생각이었고, 히다 본인과 다른 여직원들은 그녀가 처음부터 리더였다고 생각하는 듯했다.

"너 정말 짜증 나는 사람인 거 알아? 다들 네가 민폐라고 생각하고 있는 거 아냐고?"

어느 날 휴게실에 있던 히다가 토코의 얼굴을 보며 말했다.

"내가 뭘 어쨌다는 거지?"

"오히려 아무것도 안 하니까 문제야. 게다가 중요한 서류도 잃어버렸다면서?"

"그건……."

토코는 며칠 전의 일을 떠올렸다.

"데스크 위에 놓았던 서류가 갑자기 없어졌어."

"그냥 없어져? 별 이상한 일도 다 있네."

히다는 입꼬리를 올리며 웃었다. 그 웃음을 본 토코는 깨달았다. 서류를 없앤 건 히다의 짓이라는 걸.

"왜 그렇게 나를 괴롭히는 거야?"

토코는 히다를 노려보았다.

"괴롭히다니, 그게 무슨 소리야?"

"네가 그 서류 어디 숨겼지?"

"뭐? 서류를 잃어버려 놓고 이제 내 탓을 하는 거야?"

토코는 히다가 본인이 한 짓을 눈치채게 하면서, 겉으로는 그걸 부정하여 저를 약 올리려 한다고 생각했다. 토코는 분한 마음에 눈물을 흘리고 말았다.

"그게 운다고 해결될 수 있을 거 같아?"

히다는 토코를 손가락으로 가리키며 말했다.

"너, 어서 이 회사에서 사라져."

"너야말로 사라져 버려."

토코는 그렇게 말하고 휴게실을 뛰쳐나왔다.

그리고 다음 날, 사무실에 히다가 안 보이는 것이 걸린 토코는 동료에게 물었다.

"히다, 오늘 휴가야?"

"히다가 누구야? 아참, 전에도 누구 모르냐고 물어보지 않았어?"

"어? 내가 그랬나? 아무튼 알았어."

토코는 히다의 데스크가 있는 자리에 가 보았다. 역시, 이번에도 사무실 데스크의 위치가 미묘하게 바뀌었고 처음부터 그곳에 아무것도 없었던 것처럼 되어 있었다. 토코는 하시즈키 때처럼 소란스럽게 사람들에게 물어보지 않았다. 둘 다 처음부터 없었던 것으로 되어 있었던 것이다.

"그렇게 사람뿐 아니라 그 사람이 존재했던 기억까지 사라져 버리는 겁니다."

"그 두 사람에 관한 주위 사람들의 기억이 사라진 건 그렇다 치고, 그들에게 가장 가까운 가족 같은 사람은 어떤가요?"

"가족의 기억에서도 사라진 것 같습니다."

"그걸 확인하셨나요?"

"네."

"직접 집에 찾아가셨습니까?"

"아뇨. 어느 날 우연히 길에서 하시즈키의 가족을 만나게 되었습니다."

"그분의 가족과 전부터 잘 아셨습니까?"

"아뇨. 그때까지는 하시즈키에게 자매가 있는 줄도 몰랐습니다만, 제가 가서 말을 걸었습니다."

"하시즈키 씨 자매분의 반응은 어땠습니까?"

"제 말에 놀란 듯했습니다. 그리고 잠시 제 말을 듣더니 자신에게는 자매도 없고, 사람을 잘못 본 것 같다고 하더군요."

"그분이 말한 대로 사람을 잘못 보신 건 아닌가요?"

"그럴 리가 없습니다. 성까지 확인했거든요."

"그렇군요. 계속 말씀해 주세요."

"저는 제 신변에 발생한 일에 대해서 냉정하게 생각해 봤습니다. 사람이 사라지는 일은 있을 수 있습니다만, 그 사람의 존재에 대한 기억까지 없어져 버린다는 건 들어 본 적이 없습니다. 그렇게 있을 수 없는 현상이 연달아 발생하는 것에는 뭔가 원인이 있는 게 틀림없을 것이라 생각했죠. 먼저, 두 사람의 공통점을 생각해 봤습니다. 여성이고, 같은 직장에서 일하고 있었다는 것 외에는 별다른 공통점을 찾을 수 없었습니다. 하시즈키는 30

대 초반의 미혼, 히다는 40대 중반의 기혼. 물론 두 사람 모두 여직원들의 비공식적인 리더였지만, 히다가 리더가 된 건 하시즈키가 사라진 것이 원인이었습니다. 만약 리더가 된 것 때문에 사라진 것이라면 이 회사에서 차례차례로 여직원들이 사라지게 되겠죠. 저는 리더에 어울리는 성격은 아니지만, 그런 일이 계속된다면 언젠가는 저 또한 그 입장이 될 수 있겠죠. 그런 현상이 계속될 것이라 생각하고 싶지 않았으나 약간 불안했던 것이 사실이었습니다. 아무튼, 그 이외의 공통점은 없던 것 같습니다만, 두 사람 모두 저를 적대시했던 공통점이 있었다는 것을 깨달았습니다. 그렇다면 저를 적대시해서 사라진 걸까요? 아뇨, 그럴 리가 없어요. 저는 뇌리에 떠오른 그 생각을 떨쳐 버리고 싶었습니다."

토코는 잠시 허공을 주시하며 뭔가 생각하는 듯하더니 말을 이었다.

"얼마 후, 아키미즈 팀장님까지 저에 대한 태도가 음험해지더군요. 전 팀원에게 전달하는 연락 사항을 저에게만 전하지 않았고, 저만 회의에 늦거나 출장 준비를 제대로 못 하게 만들어서 크게 망신을 당하기도 했죠."

"자네, 요즘 어떻게 된 거야, 정신 나간 사람같이?"

아키미즈 팀장은 다른 사람들 앞에서 토코에게 주의를 주었다.

"저…… 저는 듣지 못했습니다."

"뭐라고?"

"회의 건도 출장 건도 듣지 못했어요."

"그럼 안 되지. 사람 얘기를 제대로 들어야……."

"그런 의미가 아니라, 팀장님께서 저에게 전달하시지 않으셨다는 얘깁니다."

"그게 무슨 소리지?"

아키미즈 팀장은 정색을 했다.

"내가 자네에게 전달하는 걸 잊어버렸다고?"

"잊어버렸다기보다, 저에게만 전달해 주시지 않아서……."

"내가 일부러 그랬다는 거야? 자네를 괴롭히려고?"

아키미즈 팀장이 큰 소리로 묻자 토코는 움츠리면서 고개를 끄덕였다.

"내 참 기가 막혀서. 뭐? 내가 자네를 괴롭혀? 그럼 말해 봐. 내가 자네를 괴롭혀야 하는 이유가 뭐지?"

"그건……."

"자네가 이렇게 자꾸 실수하는 바람에, 오히려 내가 괴롭힘을 당하는 기분이 들어. 말을 해도 좀 똑바로 하게."

토코는 반박을 할 수 없었다. 아키미즈가 일부러 그랬다는 증거는 없었기 때문이었다. 연락을 받았다면 메모나 메일 등의 증거가 있겠지만, '연락을 하지 않은 증거'는 있을 리가 없다.

토코는 항변할 수 없었지만 그렇다고 눈물을 보이지도 않았다. 그녀는 한 가지 기대하는 것이 있었기 때문이었다. 만약 하시즈키와 히다가 사라진 이유가 토코를 적대시했기 때문이라면, 지금 그녀를 적대시하는 아키미즈도 사라지게 될 것이다.

그날도 토코는 아키미즈 팀장 역시 없어졌길 기대하며 출근했다. 하지만 그가 사라질 기미는 전혀 보이지 않았다. 그리고 다음 날도 아키미즈는 회사에서 토코를 괴롭혔다. 그런 날이 이어지면서 어느새 일주일이 지났다. 토코는 어쩌면 여자만 없어지는 것일 수도 있고 다른 조건이 있는지도 모른다고 생각했다.

그러던 어느 날, 업무 시작 전에 아키미즈가 토코의 자리로 와서 두꺼운 파일을 여러 개 올려놓으며 말했다.

"이거 내일 아침 출근하자마자 제출해야 하는 자료거든. 전부 포맷이 각각 다르니까 하나로 통일해서 정리해 줘."

"이 자료가 들어 있는 데이터 파일은 어느 폴더에 있나요?"

"그런 거 없어. 직접 다 새로 작성하도록 해."

"백 장도 넘는데요?"

"그런 거 같군."

"지금부터 해도 내일 아침까지는 어려울 거 같습니다."

"내일 아침 9시까지는 아직 열여섯 시간이나 남았잖아? 5분에 한 장씩 작성하면 어떻게든 되겠지."

"이렇게 공을 많이 들인 프레젠테이션 자료를 장당 5분 만에 작성하는 건 무리입니다."

"그럼 어떻게 하면 할 수 있는데? 야근하면 되는 거 아니야? 이렇게 일이 많은데 퇴근 시간에 사라질 생각이었어?"

사라져?

토코는 그의 말을 듣고 깨달았다. 그녀가 사라진 두 사람에게 한 말이 바로 그거였다. 백퍼센트 확신은 할 수 없었지만 일단 시도해 볼 가치는 있었다. 토코는 아키미즈를 향해 손가락을 뻗었다.

"뭐야? 무슨 불만이라도 있어?"

"당신, 사라져 줘."

"뭐⋯⋯."

아키미즈는 일순 격한 분노의 표정을 보였지만, 바로 무표정이 되었다. 그리고 자리에서 벌떡 일어서더니 그대로 사무실에서 나갔다.

토코는 안도의 한숨을 쉬었다. 주위를 둘러보니 다들 아무 일 없었다는 듯 일을 하고 있었다. 토코는 누구에게도 아키미즈에 관해 물어보지 않았다.

다음 날, 그녀는 데스크가 또 약간씩 옮겨진 것을 알아차렸다. 그리고 제출해야 할 자료 때문에 고민하고 있는데 남자 동료가 말을 걸었다.

"나카무라 팀장님, 이 서류에 날인 부탁드립니다."

그 말을 들은 토코는 깜짝 놀랐다. 그녀는 그동안 살면서 '장'을 붙여서 불린 적이 한 번도 없었기 때문이었다.

"내가 팀장이라고?"

"네, 팀장님. 왜요?"

말을 건 남자 직원은 의아한 표정을 지었다. 그때서야 토코는 아키미즈가 사라졌기 때문에 자신이 팀장이 되었다는 걸 깨달았다.

토코는 서류를 받아 내용을 확인하는 척했다. 서류 자체를 처음 보는 것이라 잘못된 곳이 있더라도 그녀가 알아볼 리 없었다. 토코는 천천히 도장을 꺼내서 서류에 찍은 후 남자 직원에게 건넸다.

이래도 괜찮은 걸까?

그녀는 속으로 생각하며 불안한 마음을 감추었다. 팀장으로서 할 일이 어떤 것인지 전혀 짐작이 가지 않았다.

하지만 토코는 새로운 것을 알게 되었다. 그냥 자신에게 적대감을 가진 것만으로는 아무 일도 생기지 않는다는 것을. 그리고 그녀가 '사라져'라고 말하는 사람은 정말 사라져 버린다는 것을. 이 현상은 우연히 발생한 것이 아니라 자신의 특별한 능력이란 것을 깨달은 것이다.

그녀는 곰곰이 생각해 보았다. 이 능력은 엄청난 것이지만, 그렇다고 해서 바로 자신에게 큰 이익을 가져다주는 것은 아니었다. 물론 괴롭히던 세 명을 사라지게 한 것은 그녀에게 유리한 것이었다. 하지만 그건 어디까지나 간접적인 이익이다. 이 능력으로 큰돈을 벌거나 일을 편하게 하지는 못할 것 같았다.

토코는 사무실 안을 한번 둘러보았다. 없애 버린 세 명 이상으로 걸리적거리는 사람은 더 없었다. 하지만 실험을 위해서 누군가를 선택해야 했다.

일단은 없으면 곤란한 사람을 골라 보기로 했다. 컴퓨터에 관해 잘 아는 사람이나 클라이언트 관리를 잘하는 사람들이 없어지면 자신이 하는 일에도 지장이 생기기 때문에 그들은 제외했다. 그리고 점심시간을 같이 보내는 사람들도 없어지면 심심하니까 제외했다. 상사를 없애면 자신이 자동적으로 승진되어 일의 책임이 무거워져서 그들도 제외했다.

남은 사람들은 별로 좋지도 싫지도 않고 직접 도움이 되는 존재도 아니었다. 이제 선택의 기준이라고 할 만한 건 외모밖에 없었다.

토코는 외모가 가장 별로인 키사쿠라라는 젊은 남자 직원을 선택했다. 키사쿠라는 신입이라고 할 만한 나이였지만, 뚱뚱하고 머리카락 숱도 적은 데다가 빈말이라도 잘생겼다고는 할 수 없는 용모의 남자였다. 하지만 그녀가 특별히 혐오감을 느낄 정도는 아니었다. 그저 같은 부서 사람 중에서 없애 버릴 사람으로 적당했을 뿐이다. 토코는 그를 불렀다.

"키사쿠라? 잠깐 와 봐."

"네, 팀장님. 무슨 일이시죠?"

키사쿠라는 황급히 그녀 앞으로 갔다. 토코는 상사라는 게 이런 것이구나, 하고 느꼈다. 누군가에게 명령한다는 건 기분 좋은 일이었다. 하지만 책임이 느는 것은 싫었다.

"지금 무슨 일 하지?"

"지난주에 지시받은 고객용 데이터베이스를 만들고 있습니다."

토코는 그 일을 못 하면 곤란해지는 건 아닐까 생각했다.

"언제 다 되지?"

"좀 더 서둘러야 하는 일인가요?"

키사쿠라는 약간 불안한 표정을 지었다.

"아니, 그냥 어느 정도 걸리는지 물어보는 거야."

키사쿠라는 약간 안심한 듯했다.

"그렇군요. 6개월 안에는 정리가 될 것 같습니다."

그녀는 생각했다. 6개월이나 걸리는 일이라면 급한 일이 아니니 지금 이 남자를 없애고 누군가 이어받아서 해도 문제없을 것이라고.

"키사쿠라, 잘 들어."

"네."

"사라져."

키사쿠라는 문득 슬픈 얼굴을 하더니 바로 무표정이 되었다. 그리고 그대로 자리를 떴다. 토코 이외에 아무도 그의 행동을 신경 쓰지 않았다. 그는 한 걸음 걸을 때마다 존재감이 희박해졌다. 사무실 입구에 도착했을 때는 거의 공기 같은 느낌이었다.

토코는 그가 나간 입구로 가서 복도를 보았다. 키사쿠라의 모습은 보이지 않았다. 사무실 안을 돌아보니 그가 있었던 흔적도 남아 있지 않았다. 사무실 사람들에게 키사쿠라에 관해 물어볼 필요성조차 느끼지 못했다. 자신의 이 신기한 능력을 실감하자 가슴이 두근거렸다.

토코는 누구든 원하는 사람을 지울 수 있는 자신의 능력을 확인했다. 물론 그것이 어중간한 능력이라는 것은 알고 있었지만, 적어도 걸리적거리는 사람을 없앨 수 있으니 자신의 인생이 전보다 좋아질 것임은 틀림없었다.

회사에서 가장 불편했던 세 사람은 이미 없애 버렸다. 남은 건 아무래도 상관없는 사람들이었지만, 엄밀히 말해 '있는 편이 좋은 사람'과 '없는 편이 좋은 사람' 그리고 '정말 아무래도 좋은 사람'이 있었다. 그중에서 '없는 편이 좋은 사람'은 역시 없애는 편이 좋겠다는 생각이 들었다. 그들의 존재가 크게 스트레스를 주는 건 아니지만 조금이나마 신경 쓰였기 때문이었다.

토코는 '없는 편이 좋은 사람'의 리스트를 작성했다. 처음에는 직감을 기반으로 해서 적당히 썼지만, 약간 시간을 두고 정말로 없어지면 곤란한 일이 없을지 재검토한 다음 몇 명을 제거했다. 한번 없어진 사람이 부활할지는 모르지만, 일단 없애 버린 사람은 다시 부활하지 않는 것으로 가정하고 다시 한번 곰곰이 생각해서 제거할 멤버를 결정했다. 토코는 점심시간 동안 자리를 돌며 그들에게 없어지라고 명했다.

없애는 데도 요령이 있었다. 가만히 상대를 보고 있으면 좀처럼 사라지지 않으니 의도적으로 상대를 보이지 않으려 하면서 모르는 척하고 있으면 어느새 없어진다는 것을 알게 되었다.

점심시간이 끝나자 사무실은 꽤 깔끔하게 정리된 느낌이었다. 역시 아무도 그 변화를 알아차리지 못한 것 같았다.

며칠 후, 토코는 자신의 행동이 약간 지나쳤다는 것을 깨달았다. 사람이 줄어서 일이 전혀 끝날 기색이 보지 않았기 때문이었다. 그녀 자신뿐만 아니라 부서 전원의 업무가 과중돼 버린 것이다. 원래 인원의 3분의 1이 없어졌으니 당연한 결과였다.

"왠지 요즘 갑자기 일이 많아진 느낌이네."

토코와 같은 직급인 쿠로가네 팀장이 말했다. 과거에는 쿠로가네의 직급이 위라서 토코는 쿠로가네와 별로 대화를 한 적이 없었지만 이제 같은 직급이라 자주 얘기를 하는 사이가 되었다.

"이상하게 갑자기 일이 50% 정도는 늘어난 느낌이야. 실제는 아닌데 말이야. 그런 거 같지 않아?"

쿠로가네가 묻자 토코는 고개를 끄덕였다.

"그러게. 일할 사람이 너무 적은 것 같아. 30% 정도는 증원해 줬으면 좋겠어."

"그건 어려울 거야. 회사는 정리 해고를 하려는 분위기야."

쿠로가네가 인상을 썼다.

"이 상태에서 또 정리 해고를 한다고?"

"응, 회사의 의향은 그런 거 같아. 그래도 이 부서의 실태만 보면 그건 불가능하다는 것을 알고 있는 것 같아. 요즘에는 별로 정리 해고 얘기를 안 하는 거 같거든. 하지만 경영주는 우리가 일을 게을리 하는 게 아닌지 의심하고 있나 봐."

"왜? 오히려 전보다 더 열심히 일하고 있잖아."

"그건 그런데, 특별한 이유 없이 갑자기 우리 부서의 능률이 떨어져서 그렇게 생각하는 거 같아."

토코는 사람들을 너무 많이 없앴구나 하고 후회를 했지만, 원래대로 돌리는 방법은 알지 못했다. 그래서 한동안 사람을 없애는 것을 그만두기로 했다.

쿠로가네는 그 후에도 계속해서 토코에게 일의 능률이 떨어지는 것과 근무 태만의 의혹이 있다는 것에 대해 이야기했다. 아무래도 사실은 토코의 잘못이라고 말하고 싶은 뉘앙스였다. 토코가 제대로 팀 운영을 못하기 때문에 그런 것이라고 말이다. 쿠로가네는 토코 때문에 직원들이 근무 태만이 된 것이 아닌가 하고 그녀의 말과 행동을 몰래 조사해서 위에 보고하고 있는 듯했다.

이전의 토코라면 바로 없애 버렸겠지만, 그 시점에서 쿠로가네를 없애면 그쪽 일까지 그녀에게 돌아올 수 있었다. 토코는 익숙하지 않은 팀장 일도 제대로 처리하지 못하는 상태였기 때문에 더 일이 늘어나는 것은 싫었다. 토코는 쿠로가네 말고도 거슬리게 하는 사람들이 몇 명 더 있었지만, 그들 역시 없애지 않았다. 모처럼 대단한 능력이 생겼다고 생각한 것도 한순간이었다. 토코는 그 능력으로 인해 상황이 악화된 느낌이 들었다.

회사에서 마음대로 능력을 쓰지 못하게 된 토코는 길거리에서 적당한 사람 아무나에게 "사라져." 하고 분풀이를 했다. 그 말을 들은 사람은 흠칫 놀란 얼굴로 토코의 얼굴을 쳐다봤다.

그녀는 당연하다고 생각했다. 누구든 길에서 갑자기 모르는 사람한테 그런 소리를 들으면 같은 반응을 보일 것이라고 말이다. 대부분은 도망치듯이 그 자리를 벗어났다. 몇 명은 한동안 그녀를 노려보거나 화내며 고함을 치기도 했지만 토코가 상대하지 않으면 그들 역시 그러다가 그 자리를 떴다.

물론 토코는 장소를 가렸다. 그녀의 능력은 순식간에 효과가 나타나는 것이 아니라서 사라지기 전까지 반격을 당할 가능성이 있었다. 그래서 능력을 사용하는 것은 대낮에 사람 많은 길에서만 하기로 했다. 게다가 사람들의 눈이 많이 있는 곳에서는 폭력을 휘두르지 않았다. 최악의 경우, '미친년'이라든가 '돌아이'라든가 '변태 같은 년' 같은 폭언을 내뱉기도 했지만 토코는 신경 쓰지 않았다. 어차피 바로 없어질 사람의 허튼소리라고 생각했다.

토코로부터 저주를 받은 사람은 점점 존재가 희미해져 가는 듯했다. 그리고 그것을 주변 사람도 알아차리지 못하는 것 같았다. 그 이유는 단순히 투명화되는 것뿐만 아니라, 존재 자체가 희박해져 가기 때문이라고 토코는 생각했다. 그래서 그들이 사라져 가는 것 자체를 아무도 알아차리지 못한다고 말이다. 그들은 결국 완전히 사라졌다. 사라지는 마지막 순간에는 너무 희미해져서 언제 사라졌는지 정확하게 구분할 수 없었다. 심령 사진에 찍힌 희미한 유령처럼 되어 보일락 말락 하는 사이에 완전히 사라졌다.

그렇게 토코가 길에서 사람을 없애면서 기분 전환을 하고 있는 동안 회사에는 커다란 변화가 생겼다. 토코 부서의 능률 저하를 감지한 경영진이 더 큰 다른 부서와 통합시키기로 한 것이다. 일의 양이 줄지는 않았지만, 많은 인원 안에 희석되면 부담이 전원에게 분산되어 어떻게든 흡수될 것이라고 판단한 모양이었다.

토코도 그 영향으로 직급이 내려가서 팀장을 그만두게 되었다. 다른 사람 같았으면 속상해할 수 있겠지만 그녀는 무거운 짐을 내려놓은 기분이었다.

부서가 흡수된 후 토코가 가장 먼저 한 일은 쿠로가네를 없애는 일이었다. 그다음으로 계속해서 거슬리던 사람들을 차례차례

없애 버렸다. 물론 너무 지나치지 않도록 주의했다. 마음에 들지 않는 사람이라도 괜히 없앴다가 일에 부담이 생기면 안 되니까.

토코는 다소 부자유스러움을 느꼈지만, 그럭저럭 지낼 수 있게 되었다. 그러던 어느 날 휴게실에 앉아 있는데 두 사람이 들어왔다. 한 명은 츠지우미라는 남자 직원으로 원래 같은 부서에 있던 사람이었다. 그리고 또 한 명은 야마히라는 서른 안팎의 여직원이었다.

두 사람은 큰소리를 내더니, 곧 말다툼으로 이어졌다. 사귀던 사이였는지 헤어지자는 얘기까지 나왔다. 야마히의 끝내자는 말을 츠지우미가 이해하지 못하는 것 같았다.

토코는 회사 안에서 당당하게 헤어지자는 얘기를 하는 두 사람에게 흥미를 느꼈다. 회사 안에서 정리 해고의 태풍이 몰아치는 시기에 이런 소동까지 일으키는 건 그들에게 상당히 불리한 것이었다.

토코는 이 두 사람이 자신의 존재를 알아차리지 못한 것 같아서 가볍게 헛기침을 했다. 츠지우미는 토코를 슬쩍 보더니 야마히를 향해 가볍게 고개를 저었다. 이 이야기는 그만하자는 신호 같았다.

하지만 야마히는 토코를 쳐다보지도 않은 채 츠지우미에게 신랄한 말을 계속 던졌다. 옆에서 듣기만 해도 불쌍하게 느껴질 정도로 츠지우미의 외모에서부터 태도, 인격까지 모든 것을 비난

하는 내용이었다.

"알았어."

츠지우미는 창백해진 얼굴로 식은땀을 흘리며 떨고 있었다.

"네가 그 정도로 나를 싫어한다면 헤어질 수밖에 없겠지. 하지만 우리는 앞으로도 이 회사에서 계속 얼굴을 봐야 한다고. 이렇게 안 좋게 헤어지고 싶지 않아. 그냥 웃으면서 안녕하면 안 될까?"

"안 돼! 그런 위선적인 행동은 역겨워."

야마히가 차갑게 내뱉었다.

"어머!"

너무 놀란 토코는 저도 모르게 소리를 지르고 말았다.

"당신은 신경 쓰지 않아도 돼. 그러니까……."

아먀히가 토코를 향해 말했다.

"나카무라라고 합니다."

"미안, 놀라게 했나 보네. 하지만 신경 쓸 필요 없어."

"저는 괜찮습니다만, 회사 안에서 이런 얘기를 해도 괜찮을까요?"

"그래, 특별히 회사 안에서 이런 얘기 할 필요 없잖아."

츠지우미가 달래듯 말했다.

"회사 밖에서 하자는 거야? 어? 그러려면 일부러 밖에서 당신을 만나야 하잖아."

"하지만……."

토코가 끼어들었다.

"회사에서 이런 얘기를 하시면 다들 알게 되지 않습니까? 헤어진 다음에도 계속 직장에서 얼굴을 봐야 하는데……."

"괜찮아. 이제 얼굴은 안 보게 될 테니까."

"그게 무슨 말씀이신가요?"

"이 남자 없어질 거야."

"뭐? 그게 무슨 소리야, 내가 없어지다니?"

츠지우미가 놀라며 물었다. 토코는 이상하게 가슴이 뛰는 것을 느꼈다.

"그 말씀은, 츠지우미 씨가 전근하거나 퇴직하신다는 건가요?"

"내, 내가 퇴직을 해?"

츠지우미가 비명 같은 소리를 냈다.

"아니, 안심해. 그런 일은 없을 거야."

야마히는 엷은 미소를 지었다.

"그럼 무슨 뜻인가요?"

토코는 다시 물었다. 너무 끈질기게 질문을 하는 것 같았지만, 꼭 그 이유를 알고 싶었다.

"말 그대로야. 이 남자는 없어질 거야. 소멸한다고."

"서, 설마 나를 죽이려는 건 아니겠지?"

츠지우미는 겁먹은 눈을 했다.

"죽이면 사체가 남잖아. 게다가 나는 범죄자가 돼 버리고. 괜찮아. 당신은 죽지 않아. 그냥 소멸할 뿐."

"대체 무슨 말을 하는 거야?"

츠지우미가 불쾌한 표정으로 물었다.

"끼어들어서 죄송합니다. 혹시 그 소멸한다는 게……."

토코는 궁금해서 참을 수 없었다.

"당신은 아무것도 걱정할 필요 없어."

"츠지우미 씨가 소멸한다니……."

"그가 소멸하면 그에 관한 기억도 소멸하니까 지금 한 말들도 기억에서 사라질 거야. 그러니까 걱정할 필요 없어. 뭐랄까, 처음부터 걱정할 건 없었던 게 되는 거지."

"대체 무슨 소리를 하는 거야?"

츠지우미가 다시 물었다.

"당신은 이해 못 하겠지. 이해할 필요도 없지만 말이야."

"저는 이해할 수 있습니다."

"뭐?"

야마히는 눈을 동그랗게 떴다.

"그렇게 말하는 건 당신이 처음이야. 하지만 이해할 수 있다는 것은 착각이야. 당신은 이해 못 할 거야."

"아뇨, 저는 이해할 수 있습니다."

"나는 여전히 이해할 수 없어."

츠지우미가 끼어들었다.

"아무래도 대화를 계속하는 건 역시 귀찮네."

야마히는 지긋지긋하다는 표정을 지었다.

"후딱 해치울게."

토코는 숨을 크게 들이쉬었다. 야마히가 츠지우미를 손가락으로 가리켰다.

"사라져."

토코는 작은 비명을 질렀다. 츠지우미는 무표정한 얼굴로 오른쪽으로 돌더니 그대로 휴게실에서 나갔다.

"언제부터였나요?"

토코가 야마히에게 물었다.

"뭐가?"

"사람을 없애 버릴 수 있게 된 게 언제부터였냐구요."

"글쎄, 잘 기억이 안 나지만, 꽤 전부터가 아닐까 해."

"그건 무슨 능력이라고 하나요?"

"음, 나도 잘 모르겠는데. 다만 내가 얼굴을 보고 사라져, 라고 하면 그 사람은 사라져 버리지. 주변 사람들의 기억도 포함해서 말이야."

"저도 그럴 수 있어요."

"그게 무슨 소리야?"

"저도 사람을 지울 수 있다고요."

"당신, 머리 괜찮아? 그거 진심으로 하는 소리야?"

야마히는 얼굴을 찡그렸다.

"진심이냐니, 무슨 뜻이죠?"

"사람을 지울 수 있다는 말을 아무렇지도 않게 하다니, 사람들이 정신에 문제가 있다고 보지 않을까? 빨리 병원에 가 봐야 할 것 같은데."

"야마히 씨도 사람을 지울 수 있지 않나요?"

"그렇지."

"그럼, 야마히 씨도 사람들이 정신에 문제가 있다고 보지 않을까요?"

"그렇게 볼 수도 있겠지. 당신도 그렇게 봐?"

"처음에는 그렇지 않았습니다. 하지만 지금은 약간 그런 거 같아요."

"그렇구나. 그래도 난 신경 안 써. 전혀 신경 안 써."

"어떻게 신경 쓰지 않을 수 있죠?"

"츠지우미는 곧 소멸할 거니까. 츠지우미에 관한 기억도 사라질 거니까. 이 대화도 츠지우미와 관련이 있는 것이니 곧 없어질 거야."

"곧이라면 언제인가요?"

"곧이 곧이지. 지금까지 정확한 시간은 별로 신경 쓴 적이 없거든."

"잠깐 확인해 봐도 될까요?"

토코는 휴게실에서 잡지를 읽고 있던 여직원들 중 한 사람에게 말을 걸었다.

"미안한데, 뭐 좀 물어봐도 돼?"

"어? 응."

"츠지우미 씨 어떻게 생각해?"

"누구?"

"츠지우미 씨 말이야. 좀 전까지 이곳에 있었던 남자."

"남자가 여기 있었나?"

"츠지우미 씨란 분은 알고 있지?"

"미안, 그게 누군지 모르겠어."

그녀는 그렇게 대답하고 다시 잡지를 읽었다.

"이미 타인의 기억 속에서는 사라진 것 같군요."

"사람에 따라 기억이 사라질 때까지의 시간 길이에 차이가 있을지도 모르겠네."

"그럼, 하나만 더 확인해 보겠습니다."

"무슨 확인을 또 한다는 거야?"

"확인이라고 할까, 일종의 실험입니다."

토코는 방금 얘기를 나눈 동료를 향해 손가락을 뻗었다.

"너, 사라져."

동료 직원은 얼굴이 무표정이 되더니 휴게실에서 나갔다.

"지금 그거 뭐야?"

야마히는 진심으로 놀란 것 같았다.

"당신이 조금 전에 한 것과 같은 겁니다."

아먀히는 놀란 얼굴로 숨을 크게 들이마셨다.

"설마 같은 능력을 가진 사람이 이렇게 가까운 곳에 있다니, 상상도 못 했습니다."

토코는 기쁜 표정으로 얘기를 계속했다. 마야히는 비명을 질렀고, 주변 사람들이 둘을 쳐다봤다.

"나한테 가까이 오지 마!"

"왜 그러세요, 야마히 씨."

"나카무라라고 했지?"

"네."

"당신은 괴물이야."

토코는 기가 막혀서 뭐라 말을 하지 못했다.

"나를 어떻게 할 생각이지?"

야마히는 공포에 질린 얼굴로 떨고 있었다.

"야마히 씨, 왜 그러세요?"

"왜 그러긴 뭘 왜 그래. 눈앞에 괴물이 있는데 가만히 있을 사람이 어디 있어!"

"제가 괴물이라고 하시는 건가요?"

토코는 야마히의 의외의 모습에 놀랐다.

"마음대로 사람을 지우는 존재가 괴물이 아니면 뭐냔 말이야."

"저는 어디까지나 평범한 사람입니다."

"평범한 사람이라고? 그럼 묻겠는데, 당신은 지금까지 몇 명이나 지웠지?"

야마히가 떨리는 목소리로 토코에게 물었다.

"그건 일일이 기억 못 해요."

"기억 못 한다고? 지금 기억 못 한다고 했어?"

"네."

"당신이 지운 사람은 전부 각각의 인생을 가지고 있었어. 당신은 아무렇지도 않게 그들을 지워 버렸잖아. 아무런 경의도 표하지 않고 말이야."

"어째서 경의를 표하지 않았다고 생각하시죠?"

"경의를 표했다면, 적어도 몇 명을 지웠는지 정도는 기억하고 있어야 해. 아까 당신은 마치 숨 쉬듯 간단하게 한 사람을 지웠어. 그리고 전혀 경의를 표하지도 않았고."

"네, 저는 분명히 깊은 의미 없이 사람을 지우고 그에 관해 특별히 죄악감을 느끼지 않았습니다. 이건 내게 특별히 주어진 능력이니 제가 어떻게 쓰든 제 마음이잖아요. 그렇지 않나요?"

"그건 무서운 생각이야, 나카무라."

"그럼, 이번에는 제가 물어보겠습니다. 당신은 지운 사람 수를 기억하고 있나요, 야마히 씨?"

"물론, 기억 못 하지."

"그럼 당신도 마찬가지 아닌가요?"

"맞아. 나는 사람의 마음이 없는 괴물이야. 그렇다고 해서 다른 괴물의 존재를 용인할 수는 없지."

야마히가 토코를 노려보았다.

"너무 자기 생각만 하는 거 아닌가요?"

"뭐가 어때서. 나는 나 자신의 행복 외엔 관심이 없는 사람이야."

"알겠습니다. 그럼 이제 저는 당신에게 상관하지 않겠습니다. 어떻게 사시든지 알아서 하세요."

"그렇게 할 수는 없지. 당신은 나의 존재를 알아 버렸잖아."

야마히는 토코를 손가락으로 가리켰다. 놀란 토코도 황급히 야마히를 손가락으로 가리켰다. 야마히가 말했다.

"이건 총잡이 결투처럼 누가 빨리 쏘느냐로 승부가 나는 게 아니야. 상대를 즉시 죽일 수 없으니 결국 둘 다 사라지게 될 거라고."

"그렇지 않으면 우리 같은 존재에겐 통하지 않을지도 모르죠."

"하지만 난 어떻게 될지 시험해 보고 싶은 마음은 없어."

야마히는 손가락을 내렸다.

"저도요."

토코도 손가락을 내렸다.

"우리들은 공존할 수 없어."

야마히가 딱 잘라 말했다.

"그렇게 빨리 단정 지을 필요는 없지 않나요?"

"나는 나 자신의 위험성을 알고 있어. 그래서 나 같은 존재가 가까이 있다는 사실을 견딜 수 없다고. 당신도 나 같은 느낌일 거야. 언제 사라질지 모르는 위험과 함께해야 한다 이 말이야."

"공존할 노력은 해 볼 가치가 있지 않을까요?"

"난 그런 노력 같은 건 질색이야."

"그럼 어쩔 거죠? 대결하면 둘 다 사라지게 될 텐데."

"당신이 없으면 돼."

야마히가 말했다. 토코는 놀란 눈으로 지금 공격당한 건가, 생각했다.

"지금 말한 건 효과 없어. '없다'는 것과 '사라진다'는 건 다른 의미잖아. 내가 말하고 싶은 건, 당신이 회사를 그만두라는 거야."

야마히가 급히 설명했다.

"어째서 제가 회사를 그만둬야 하는 거죠?"

"이유는 말했잖아, 우리는 공존할 수 없다고."

"그럼, 당신이 그만두면 되잖아요."

"싫어, 이제 와서 직장을 옮기는 건."

"저 역시 싫어요."

"그럼 나랑 싸울 거야?"

"같이 사라질 위험을 각오하고요?"

"계속 당신하고 같은 직장에 있을 바에는 죽이 되든 밥이 되든 해 볼 수밖에."

야마히는 토코를 다시 노려봤다.

"그 말 진심이세요?"

"진심이지."

"갑자기 그렇게 요구하면 결정할 수 없잖아요."

"그럼 3일만 시간을 갖지. 만약 3일이 지나도 당신이 그만둘 생각을 안 한다면 선전 포고로 간주할 거야."

그녀는 토코를 노려보고는 휴게실을 나갔다.

"그게 3일 전의 일입니다. 저는 계속 고민했습니다. 그리고 기한이 점점 다가오는 가운데 당신이 떠올랐습니다. 이 동네에 고명한 탐정이 살고 있다는 것이요. 얼마 전에 회사에서 있었던 정신 건강 강습회에서 여성 상담사분이 나눠 준 자료에도 선생님의 성함이 적혀 있었죠. 직장에서 겪는 어떤 문제라도 힘이 돼줄 것이라는 글과 함께요."

"말씀 잘 들었습니다. 그래서 의뢰하시고 싶은 내용은 어떤 건가요?"

탐정이 말했다.

"알아내 주셨으면 합니다. 야마히가 그냥 겁주려고 그러는 것인지, 아니면 뭔가 승산이 있는 건지 말입니다. 승산이 있다면 그게 어떤 방법인지도 궁금합니다."

"그걸 알아내면 어떻게 하실 생각인가요?"

"만약에 그냥 겁주려고 그런 거라면 회사를 그만둘 필요가 없으니 버텨 볼 생각입니다."

"만약 그분에게 뭔가 승산이 있다면요?"

"저도 그 방법을 알게 된다면 대등해질 수 있을 거 같습니다. 그러면 회사를 그만둘 필요가 없어지겠죠."

"그렇군요. 결국, 회사를 그만둘 생각이 없다는 말씀이시군요. 그럼 먼저, 저의 솔직한 생각을 말씀드려도 될까요?"

"물론입니다."

"우선 당신의 얘기가 전부 사실이라고 가정해 봅시다."

"가정이 아니라 사실입니다."

"그 판단은 일단 보류해 둡시다."

탐정은 담담하게 말을 이었다.

"사실이라면 당신은 회사를 그만둬야 합니다."

"그만두라고요? 대결하면 안 되는 이유가 뭐죠?"

"이유는 단순합니다. 우선, 야마히 씨의 말이 단순히 겁을 주기 위한 것인지 현시점에서는 판단할 수 없습니다. 그렇다면 겁주는 게 아니라고 생각하는 것이 좋겠죠. 게다가 그녀의 승산이 뭔지 알 방법이 없습니다. 그런 불리한 싸움은 피하는 게 낫지 않을까요?"

"그래서 선생님에게 조사를 부탁드리는 거 아닙니까."

"저더러 사람을 사라지게 하는 능력을 가진 사람을 상대하라는 말씀이신가요? 저는 그런 일, 못 합니다."

"아뇨, 하시게 될걸요."

"왜 그렇게 생각하시죠?"

"안 하시면 제가 선생님을 사라지게 할 거니까요."

토코는 슬쩍 입꼬리를 끌어 올렸다.

"협박하시는 건가요?"

"네, 협박하는 겁니다."

"협박은 범죄입니다."

"하지만 범죄임을 증명할 수 없겠죠."

탐정은 토코의 위협에 동요하는 기색이 전혀 없었다.

"좋습니다. 다음으로 당신의 얘기가 사실이 아니라고 가정해볼까요."

"사실이라니까요."

"아, 이건 어디까지나 가정인 겁니다. 진실이 아니라고 가정한다면 회사를 그만두고 말고는 당신의 자유입니다."

"그렇다면 그만두지 않을 겁니다."

"하지만 바늘방석에 앉은 것 같을 텐데요."

"그건 왜죠?"

"저의 추리로는 그렇습니다."

"그 추리를 말씀해 주실 수 있나요?"

"물론이죠. 우선, 당신에게 초능력이 없다면 도대체 무슨 일이 일어나고 있는 건지 생각해야 합니다."

"그럴 가능성은 없지 않나요?"

"쉽게 단정 짓는 건 좋지 않습니다. 자신에게 초능력이 있다고 생각하는 사람이 있는데, 사실은 그 사람에게 초능력 같은 건 없다고 생각해 보자고요. 그럴 경우 어떤 가능성이 있을까요?"

"그 사람이 거짓말을 하는 거죠."

"그런 가능성도 있네요. 하지만 당신은 거짓말을 하지 않았습니다, 그렇죠?"

"물론입니다. 저는 거짓말한 적이 없습니다."

"원래대로라면, 우선 그 점을 증명할 필요가 있습니다만, 이번에는 생략하겠습니다. 어쨌든 의뢰인은 당신이고, 거짓말이 아니라는 것 역시 알고 있으니까요. 자, 초능력 같은 건 존재하지 않고 거짓말도 아니라면, 다른 가능성은 뭐가 있을까요?"

"저의 망상이라는 건가요?"

"망상이라고 생각하면 모든 걸 설명할 수 있습니다. 하지만 전부 망상이라는 생각에도 문제가 있습니다. 데스크들이 사라지는데, 부자연스럽게 보이지 않게 배치가 바뀌는 사무실은 망상의 범주를 완전히 벗어나잖아요. 사람들을 더 사라지게 했다면 사무실이 휑하고 부자연스러워졌겠죠?"

토코는 고개를 끄덕였다.

"그래서 두 개의 부서를 통합해서 부자연스러워지는 것을 막은 겁니다."

"대체 무슨 말씀을 하시는 건가요?"

"지금까지 속고 있었다는 얘깁니다, 나카무라 씨. 그것이 '오 캄의 면도칼'이 선택한 가장 단순한 답입니다."

*

"어째서 그런 짓을 할 필요가 있죠?"

"당신의 회사는 정리 해고를 진행하고 있다고 하셨죠. 지명 해 고는 할 수 없는 상황이었고. 그런데 말씀을 듣고 추측해 보니, 당신은 직장에서 천덕꾸러기 취급을 받고 있었네요."

"제게 그런 대우를 한 건 극히 일부 사람들이었습니다."

"극히 일부의 정직한 사람들 아닐까요? 당신을 직접 비난했던 사람들은 당신이 특정한 말을 하게 만들고 싶었던 겁니다. '사라 져.'라는 말이요. 당신이 그 말을 하면 상대는 그곳에서 사라지 는 겁니다. 그렇게 뒤에서 입을 맞춘 다음, '그런 사람은 처음부 터 없었다.'라고 대답했겠죠. 데스크도 당신이 자리를 비웠을 때 정리했을 거고요."

"말도 안 돼요. 저를 속이려고 그렇게까지 수고할 이유가 어디 있습니까?"

"일리 있는 말씀이십니다. 하지만 사람들이 그것을 즐겼다면요?"

"어떻게 그런 걸 즐길 수 있죠?"

"그건, 자신이 초능력자라고 완전히 믿는 당신의 행동이 너무도 재밌었기 때문입니다."

"그럴 리가 없어요. 속이고 있었다면 중간에 알아차렸을 겁니다."

"실제로 그들은 꽤 위험한 다리를 건너고 있었습니다."

"그게 무슨 뜻인가요?"

"당신은 길에서 하시즈키라는 분의 자매를 만났다고 하셨죠?"

"네, 분명히 만났습니다."

"하지만 당신은 하시즈키 씨에게 자매가 있었다는 것은 몰랐었습니다. 그렇다면 어째서 그 사람을 하시즈키 씨의 자매라고 생각하셨습니까?"

"그야 똑같이 생겼기 때문이죠. 일란성 쌍둥이였겠죠."

"그분은 하시즈키 씨 본인이었습니다. 당신이 그분을 우연히 발견했기 때문에, 순간적으로 다른 사람인 척하는 것을 보고 당신은 하시즈키 씨의 쌍둥이 자매라고 생각해 버린 겁니다. 하시즈키 씨 본인은 상당히 당황했겠죠. 어쨌든 당신은 보기 좋게 속았습니다. 그러니 당신을 속이는 사람들이 재미를 붙일 수밖에 없었던 겁니다."

탐정은 재밌다는 표정을 지었다.

"만약 그게 사실이라면 언제까지 그런 짓을 할 생각이었다는 거죠?"

"이미 최종 국면에 들어갔다고 봐야 하겠죠. 회사에 당신과 같은 능력을 가진 사람이 나타났습니다. 갑자기 그런 사람이 나타나면 믿기 쉽지 않겠죠."

"그럼, 야마히 씨의 능력도 가짜라는 건가요?"

"그렇습니다. 당신은 자신의 능력을 믿고 있으니 그분의 능력도 믿을 수밖에 없었겠죠. 그분의 도전을 받은 당신이 결국 회사를 그만둘 것이라고 판단했을 겁니다."

"그러다 제가 그런 사실을 다른 곳에 폭로하면요?"

"아무도 믿지 않을 거라 생각했겠죠. 솔직히, 저 말고 다른 사람이었다면 이런 얘기 들어 주지도 않을 걸요."

"하지만 전 사람이 사라지는 걸 분명히 봤습니다."

"혼잡한 인파 속에서죠. 자기 암시에 걸려 있었던 겁니다. 사람들 속에 섞이거나 그냥 시야에서 사라진 건데, 초능력으로 존재가 지워진 것으로 생각하신 거예요. 회사 안에서 존재감이 희미해지는 것처럼 보인 것도 일종의 착각이었을 겁니다."

"그렇다면 이건 뭔가요?"

토코는 스마트폰을 탐정 앞에 내밀었다.

"여기 명확하게 물적 증거가 있잖아요. 이 사진은 조금 전에 여기 있던 조수분이에요. 그런데 기억하지 못하셨잖아요."

"그 사진은 명확한 물적 증거입니다. 사라지지 않았다는 증거 말입니다."

"그게 무슨 말씀이시죠?"

"사람이 사라지지 않았으니 사진이 존재하는 거 아니겠어요? 바로 여기 있잖아요."

탐정은 토코 뒤에 있는 나를 손가락으로 가리켰다. 토코는 뒤돌아보자마자 비명을 질렀다.

"하지만 아까는 누군지 모른다고······."

"그건 거짓말이었습니다."

"거짓말?"

"네, 당신에게 맞춰 준 것뿐입니다."

탐정은 싱글싱글 웃었다.

"왜 그런 짓을?"

"왜냐뇨, 당연히 그러는 편이 재밌기 때문이죠."

탐정은 즐거운 듯 두 손을 들었다.

"중간에 몇 번이고 말을 걸려고 했는데, 선생님이 눈짓을 하셔서 가만히 있었습니다."

나는 미안한 표정으로 말했다.

"저, 회사 사람들 모두를 경찰에 신고할 겁니다."

토코의 얼굴에 강한 분노가 떠올랐다.

"그런데, 그게 범죄로 인정될지는 모르겠군요. 경찰에 신고하셔도 당사자들이 장난이었다고 하면 별 방법이 없습니다."

"그럼 저는 어떻게 하죠?"

토코는 고개를 떨구었다.

"초능력은 존재하지 않습니다."

힘주어 말한 탐정이 말을 이었다.

"그러니까 회사에 남아 있어도 당신이 사라질 일은 없습니다. 하지만 그런 직장에서 앞으로 계속 일하실 수 있으세요? 회사에 남는 것도 그만두는 것도 당신의 자유입니다. 자, 천천히 생각해 보세요."

토코는 망연자실한 표정으로 말했다.

"조언은 해 주실 수 없나요?"

"조언이라고요? 제 일은 진실을 밝혀내는 겁니다. 어떻게 하시는 것이 좋을지는 제가 알 바가 아니죠. 그럼, 청구서는 바로 발급해 드리겠습니다."

다이어트

"자네는 너무 마른 것과 너무 뚱뚱한 것 중 어느 쪽이 더 보기 흉하다고 생각하나?"

탐정이 문득 나에게 물었다.

"어느 쪽이든 정도 문제겠죠."

나는 그냥 무난한 대답을 했다.

"그럴듯한 대답이군. 세상에는 너무 마른 사람도 너무 뚱뚱한 사람도 존재해. 그렇다면 살을 찌우려고 노력하는 사람과 살을 빼려고 노력하는 사람은 비슷하게 있다고 보는 게 맞지 않을까? 그런데 세상에는 살을 빼려고 하는 사람들만 있고 살을 찌우려고 하는 사람은 없다는 것이 현실이지."

"그렇지는 않을 걸요. 너무 말라서 의사가 살 좀 찌우라고 하는 사람도 있겠죠."

"물론 그런 사람도 있겠지. 하지만 TV나 잡지에 살 빼는 방법만 나오지 살찌우는 방법이 나오는 건 못 봤어."

"그야 뭐, 너무 찐 사람이 많아서가 아닐까요?"

"그렇다고 볼 수도 없어. 그런 방송 프로그램의 메인 타깃층은 어떤 사람이라고 생각해?"

"그야 젊은 여성이겠죠."

탐정은 고개를 끄덕였다.

"후생노동성의 통계에 따르면, 일본의 20대에서 30대의 여성은 비만보다 너무 마른 쪽이 많다고 하더군. 선진국으로서는 비정상적인 상황이야."

"일본인의 체질 때문이 아닐까요?"

"같은 아시아의 나라에서도 이런 경향이 있는 것은 일본이나 싱가포르 등 극히 일부뿐이라고 해. 원래부터 일본인이 너무 마른 체질이라고 한다면, 좀 더 살을 찌우는 특집 방송을 해야 하는 거 아닐까? 결국, 일본의 젊은 여성들은 너무 말랐는데도 불구하고 더 마르고 싶어 하는 것 같아."

"그래도 뚱뚱한 것보다 낫지 않을까요?"

"거식증에 걸린 사람은 10년 이내에 사망할 확률이 5에서 10% 정도라고 해."

"정말요? 하지만 거식증에 걸린 사람은 별로 없잖아요."

"거식증이란 말이야, 정식 명칭이 신경성 식욕부진증인데 표준 체중의 80%밖에 안 되는데도 여전히 살을 빼려는 증상이 있어. 예를 들어, 키가 160cm인 여성이 40kg 이하가 되려고 한다면 그건 거식증이라고 할 수 있지."

"그만큼 말랐으면 충분할 것 같기도 하네요. 하지만 그 정도까지 살을 뺐다면 더 날씬하게 보이고 싶은 것이 여자의 마음 아닐까요?"

"거기서 멈추느냐 마느냐가 생사의 갈림길이 되는 거야. 생각해 보면, 현대 일본어에는 너무 뚱뚱한 것을 조롱하는 단어는 있어도 너무 마른 것을 조롱하는 단어는 없잖아."

"그게 무슨 말씀이시죠?"

"그러니까 너무 뚱뚱한 사람을 '데부(デブ:뚱보)'라고 하는 것에 반해, 너무 마른 사람을 칭하는 단어는 없잖아."

"'야세(ヤセ:마른 사람)'라고 하면 되지 않을까요?"

"그 단어에 조롱하는 느낌이 있어?"

"아뇨, 칭찬하는 쪽에 가까운 느낌이네요."

"거봐, 너무 마른 사람은 조롱당하지 않는다는 얘기야."

"그럼 '가리가리(ガリガリ:말라깽이)'는요?"

"흠…… 약간 조롱하는 느낌은 있군. 하지만 그 말 듣고 좋아하는 사람도 많지 않을까?"

"'호네카와스지에몬(骨皮筋右衛門:뼈, 가죽, 힘줄만 보이는 사람)'은요?"

"요즘 세상에 그런 옛날 말 쓰는 사람이 어디 있어. 게다가, 너무 뚱뚱한 것은 '비만(肥滿)'이라고 하지만, 너무 마른 것은 그런 표현이 없어. 전문 용어로는 '이수(羸瘦:여위어 수척함)'라고 한다지만 거의 쓰이지 않고. '수신(瘦身:마른 몸)'이라는 단어도 있지만 별로 부정적인 느낌은 없다고 봐야지."

"네, '수신술(瘦身術:마른 체형으로 만드는 것)'이라는 말도 있죠. 하지만 '비만술(肥滿術)'이란 말은 못 들어 봤네요."

"원래 '다이어트'라는 단어가 건강을 유지하기 위한 식사 치료를 의미하는데, 지금은 '살 빼는 방법'이란 뜻으로만 통하고 있지."

"그래도 뚱뚱한 것보다 마른 편이 보기 좋잖아요."

"그런 생각에는 문제가 있어. 무조건 마른 게 '보기 좋다'는 거잖아. 특별한 기준도 없이 마르면 마를수록 좋다는 생각은 잘못된 거야."

"미인을 보면 날씬하잖아요."

"연예인들 말이야?"

"네."

"그 사람들은 특별한 경우지. 아무리 말라도 아름다움을 유지할 수 있도록 특별한 관리를 받고 있어. 하지만 일반 사람들은 달라. 너무 마르면 매력을 잃게 돼."

"그런가요?"

"사람은 말이야, 기본적으로 살찐 것을 보면 안정감과 행복을 느껴. '유루캬라(촌스럽지만 한가롭고 느긋한 분위기의 형태와 이름을 가진 캐릭터)'도 대체로 통통하고, 인간이나 동물의 아기도 대체로 통통하잖아. 그에 반해, 너무 마른 건 불안하고 불행한 이미지를 가지고 있어. 서양의 저승사자 머리가 해골인 것처럼, 너무 마른 몸은 죽음을 연상시키거든."

"과장이 너무 심하시네요."

"과연 과장일까? 미라처럼 생긴 여자가 거울 앞에서 자신을 보고 황홀해 하는 사진, 본 적 없어?"

"그건 CG잖아요. 그런 상태라면 서 있기도 힘들 텐데."

"아냐, 진짜 그런 사람이 있어. 충분히 말랐는데도 살쪘다면서 좀 더 마르고 싶어 하는 일종의 강박이지. 정신적으로 어긋난 상태라고 할 수 있어. 그러다 아사 직전까지 간 사람을 보면 자네 역시 혐오감을 느낄걸?"

"그러고 보니 뚱뚱한 사람에게서 불쾌감을 느끼는 경우는 별로 없는 것 같네요."

그때, 초인종이 울리면서 대화가 중단되었다.

"어서 들어오세요."

탐정이 의뢰인을 맞이했다. 하필이면 그런 화제로 얘기를 하고 있을 때 그런 의뢰인이 오다니. 혹시 탐정에게 예지 능력이 있는 게 아닐까 의심되었다. 의뢰인은 비틀거리며 간신히 사무실 안으로 들어오더니 소파에 쓰러지듯이 앉았다.

"하아하아."

허덕거리는 그 모습에 강한 구토감을 느꼈지만 겨우 참으며 물었다.

"괜찮으세요?"

"네, 괜찮습니다. 그냥 좀 어지러워서……."

"시원한 주스라도 드릴까요?"

"안 돼!"

의뢰인이 절규하듯 소리쳤다.

"이런 상황에 주스를 주시면 마셔 버리게 되잖아요."

"마시면 안 되는 건가요?"

"주스에는 당분이 있어서 안 돼요."

그 말을 들은 탐정의 눈이 빛났다.

"당분이 있으면 왜 안 되는 거죠?"

"당분은 다이어트에 큰 적이잖아요."

"아, 다이어트 중이시군요."

탐정의 눈에 힘이 들어갔다.

"제가 약간 통통하잖아요."

"네?"

나는 얼떨결에 그렇게 물었다. 탐정이 나를 노려봤다. 아무 말도 하지 마, 라는 듯. 나는 목구멍까지 올라온 말을 삼켰다.

"죄송하지만, 물이나 차로 주시겠어요?"

의뢰인은 쉰 목소리로 말했다. 나는 물이 담긴 컵에 얼음을 넣어서 가져다줬다.

"이제, 성함과 용건을 말씀해 주세요."

탐정이 말했다.

"제 이름은 도야마 하즈미라고 합니다. 조사를 부탁드리러 왔습니다. 상담사 선생님이 추천해 주셔서······."

"어떤 조사를 원하시죠?"

"제가 이상한 약을 먹고 있는 게 아닌가 해서요."

"이상한 약이요?"

"먹은 것도 없는데 점점 살이 찌는 걸 보니 아무래도 살찌는 약 때문인 거 같아요."

"흥미로운 얘기네요."

탐정은 웃음을 참고 있었다.

"살찌는 약은 아시죠?"

의뢰인이 질문을 던졌다.

"식욕을 증가시키는 약이 있는 건 압니다."

탐정이 대답했다.

"그런 거 말고, 물만 마셔도 살찌는 약 말입니다."

"물만 마셔도요?"

"네."

"그렇군요."

중얼거린 탐정이 하즈미란 여자의 몸을 불쾌한 눈으로 힐끗
보며 말했다.

"부종을 유발하는 약이 아닐까요?"

"그건 물만 마셔도 살찌나요?"

탐정은 하즈미에게서 고개를 돌렸다. 새어 나오는 웃음을 숨
기려는 듯했다.

"그럴 수도 있겠죠."

"아아, 역시."

하즈미는 이제 알겠다는 표정을 지었다.

"수돗물 같은 데 약을 섞을 수도 있겠죠?"

"수돗물요? 아파트에 살고 계시나요? 아니면 단독 주택에?"

"아파트에 삽니다."

"그렇다면 저수조에 약을 넣어야 수돗물에 섞을 수 있겠네요.
약이 상당히 많이 필요할 텐데요."

"약을 엄청 넣었겠군요."

"그러면 아파트 주민 모두에게 영향을 미칠 텐데."

"그럴 수 있겠네요."

"정말요?"

탐정은 눈을 동그랗게 떴다.

"네, 분명히……."

"뭔가 근거가 있나요?"

"네, 있죠."

"어떤 근거죠?"

듣고 있는 나까지 눈을 동그랗게 떴다.

"제가 물밖에 마시지 않는데 이 상태잖아요."

"저어…… 다른 사람들은 어떤가요?"

탐정이 머리를 긁적거리며 물었다.

"다른 사람요?"

"다른 주민들 말입니다. 같은 아파트에 사시는 분들요. 좀 전에 말씀드렸듯이 저수조에 약을 넣었다면 전 주민에게 영향이 미쳤을 텐데요."

"네? 아파트 주민들이 전부 그렇게 되었나요? 끔찍한 일이군요."

하즈미는 이빨 부딪히는 소리를 내며 덜덜 떨었다.

"아니, 그러니까, 제가 묻고 있는 겁니다."

"네? 제가 그걸 조사해 봐야 하는 건가요? 조사하는 것은 선생님이 해 주실 거라 생각했는데."

"물론, 의뢰인께서 따로 조사하실 필요는 없습니다. 혹시 알고 계신지 물어본 것뿐입니다."

"그렇군요."

하즈미는 잠시 생각에 잠겼다.

"그러고 보니 저희 아파트에 뚱뚱한 사람이 있어요. 아래층에 사는 것 같은데…… 몇 층에 사는지는 정확하게는 모르지만, 엘리베이터에서 자주 마주칩니다."

"흠……."

탐정은 메모조차 하지 않았다.

"수돗물 건은 잊어 주세요. 그랬을 가능성은 없다고 봅니다."

"그런가요?"

"그렇습니다."

"그럼 왜 그런 말씀을 하셨나요?"

"도야마 씨께서 먼저 수돗물에 섞일 가능성에 대해 말씀하셨으니까요."

"제가요?"

"네."

"그렇게 말했나요?"

"말씀하셨습니다."

"알겠습니다. 전부 제 탓이네요."

하즈미는 고개를 숙였다.

"아뇨, 누구의 탓도 아닙니다. 이건 그런 성질의 얘기가 아닙니다."

"그런 게 아닌가요?"

"그런 게 아닙니다."

"그럼 이렇게 된 원인이 뭘까요?"

하즈미의 물음에 답답해진 나는 당신의 정신 상태가 문제예요, 라고 말할 뻔했다.

"그걸 지금부터 규명해 봅시다."

그렇게 말한 탐정은 바로 질문을 던졌다.

"몸의 변화를 알아차린 것은 언제부터인가요?"

"지난달부터였나. 왠지 약간 살찐 것 같은 느낌이 들더라고요. 저는 그동안 다양한 다이어트를 시도해 봤습니다. 양파 다이어트, 락교 다이어트, 아스파라거스 다이어트, 연근 다이어트, 오크라 다이어트, 라면 다이어트……."

"아, 잠깐만요. 시도한 다이어트 방법을 전부 나열하는 게 의미 있을까요?"

"의미요?"

"필요한 조사와 관계가 있냐는 말씀입니다."

"관계가 있는지 없는지는 선생님께서 판단하는 거 아닌가요?"

"듣고 보니 그렇군요. 알겠습니다. 그럼 계속 말씀하시죠."

"네, 알겠습니다. 청소 다이어트, 발 지압 다이어트, 요가 다이어트, 스트레치 다이어트, 레코드 다이어트, 아로마 다이어트, 게르마늄 다이어트……."

다이어트 방법을 전부 나열하는 데 몇 분은 걸렸다.

"……셀룰라이트 다이어트, 복싱 다이어트, 그리고 하이퍼마나 다이어트입니다."

"다 말씀하셨나요?"

"네, 그렇습니다."

"상당히 다양한 다이어트를 시도하셨군요."

"네, 제가 다이어트 마니아로서 좀 유명합니다. 블로그 방문자가 하루에 몇백 명씩 되고, 블로그를 책으로 내 보자는 얘기도 있었습니다. 그래서 더욱 제가 살이 찌면 안 됩니다."

유명 다이어트 블로거라니 놀라지 않을 수 없었다.

"저는 다이어트에 관해서는 잘 모릅니다만, 몇 가지 의문이 있습니다."

탐정은 억지로라도 흥미를 가져 보려는 것 같았다.

"우선, 게르마늄 다이어트라는 건 뭔가요? 게르마늄이란 건 탄소족 원소인 게르마늄을 말하는 건가요?"

"게르마늄은 게르마늄입니다. 모르세요? 입욕제로도 쓰고 마시면 피로 회복, 신진대사 활성화, 암 치료 등에 좋습니다."

"게르마늄이 건강에 좋다는 얘기는 못 들어 봤는데요."

"그걸 모르셨어요? 상식인데……."

"자네, 게르마늄이 몸에 좋다는 얘기 들어 봤나?"

탐정이 나에게 귓속말로 물었다.

"아아, 그런 거 대부분 사기입니다. 오히려 유해하다고 볼 수 있는데…… 의뢰인에게 얘기하는 게 낫지 않을까요?"

나 역시 귓속말로 말했다.

"흠, 그럴 필요는 없겠지. 이번 의뢰 내용과 관계가 있다면 몰라도…….."

"다 들립니다."

하즈미가 정색을 하고는 말을 이었다.

"잘 모르고 하시는 말씀입니다. 게르마늄은 정말로 효과 있어요."

"알겠습니다. 뭔가 오해가 있는 것 같으니 나중에 잘 말해 두겠습니다. 그리고 하이퍼마나라는 건 뭔가요?"

탐정은 상냥하게 대답했다.

"출애굽기 때 신이 모세에게 준 물질입니다. 전해지는 말에 따르면 빵 같은 음식이라고 하는데, 그건 잘못 전해진 것이고 음식은 아닙니다."

"그럼 뭔가요?"

"몸에서 나오는 에너지입니다. 그것만 있으면 음식을 전혀 입에 대지 않고 몇 년씩 살 수도 있습니다. 자세한 건 제 블로그 보시면 아실 수 있는데……."

"자네는 하이퍼마나를 알고 있는가?"

탐정은 다시 귓속말로 내게 물었다. 하즈미는 이쪽을 물끄러미 보고 있었다.

"다 들리는 거 같은데요."

"그건 상관없어. 알고 있는지만 말해 주게."

"하이퍼마나는 전혀 들은 적이 없습니다. 다만 마나에 관해서는 구약 성서에 나옵니다. 사과설과 버섯설이 있습니다."

"다 틀립니다. 사과나 버섯 같은 건……."

"잘못 알려진 것이겠죠."

하즈미의 말을 자른 탐정이 얼른 이어 말했다.

"저는 제대로 이해했습니다. 이분에게는 나중에 설명하겠습니다. 아무튼, 여러 가지 다이어트 방법을 시도하셨다는 건 알겠습니다. 계속 말씀해 주세요."

"지난달에 있었던 일이었습니다. 3일이나 먹지 않았는데 체중이 늘어났습니다."

"확실한 건가요?"

"네, 아무것도 먹지 않았습니다."

"아, 그게 아니라 체중 말입니다. 정말로 늘었습니까?"

"네, 확실합니다."

"몇 킬로그램이나 늘어났죠?"

"킬로그램으로 말씀드릴 수 없습니다."

"체중이 늘어난 건 맞죠?"

"네."

"몸무게도 제대로 재신 거죠?"

"네."

"체중계를 쓰셨겠죠?"

"아뇨."

"체중계도 안 쓰고 몸무게를 재셨다고요?"

"네."

"체중계가 아니라 일반적인 저울을 쓰셨다는 말씀인가요?"

"아뇨."

"그럼 몇 킬로그램 늘었는지 알 수 없잖아요."

"킬로그램으로 말씀드릴 수 없다니까요."

"그럼, 킬로그램 말고 몇 파운드라든가 몇 근이라든가 그런 단위로 쟀나요?"

"그게 뭐죠?"

"1파운드는 454g이고, 한 근은 600g입니다."

"어째서 그런 어중간한 단위가 있는 거죠?"

"아, 그게 킬로그램을 기준으로 해서 어중간하게 느껴지는 것뿐입니다. 만약 파운드를 기준으로 하면 킬로그램이 어중간한 단위가 되겠죠."

"454g처럼 어중간한 무게를 기준으로 하는 건 생각할 수도 없습니다."

"그건 어느 쪽을 기준으로 하느냐의 얘기라……. 아, 지금 나온 얘기는 잊어 주세요. 기준은 킬로그램으로 해도 상관없습니다."

"킬로그램으로 말씀드릴 수 없다고 했습니다."

"아무튼, 체중이 늘었다는 건 아신 거죠?"

"네."

"체중계나 일반적인 저울도 쓰지 않으셨다는 거구요?"

"네. 왜 같은 걸 자꾸 물으시죠?"

"그럼, 뭘 써서 체중을 재신 건가요?"

"거울이요."

"그렇군요."

탐정이 내 쪽을 보며 물었다.

"요즘 나오는 거울에는 체중을 재는 기능도 있나?"

"글쎄요, 그런 건 들어 본 적이 없습니다만."

나는 솔직히 대답했다. 탐정이 하즈미에게 물었다.

"도야마 씨, 솔직히 저는 거울을 사용해서 체중을 재는 방법을 모릅니다. 어떤 방법인지 알려 주실 수 있나요?"

"특별한 방법이 있는 건 아닙니다. 가능하다면 벌거벗은 상태가 좋습니다만, 옷을 입은 상태도 상관없습니다. 거울에 비친 자신의 전신에 대한 인상으로 체중을 확인합니다."

"그냥 '눈으로 본 느낌'이란 건가요?"

"네."

"그렇게 해서 체중이 늘었다고 판단하셨고요?"

"네."

"그런 방법은 부정확하지 않나요?"

"어째서 그렇게 생각하시죠? 체중계가 정확하다는 것은 잘못

된 생각입니다."

"상점에서 파는 체중계는 대체로 정확합니다."

"그건 킬로그램이라는 단위로 숫자가 표시되니까 정확하다고 착각하는 것뿐입니다. 숫자는 체중 그 자체와는 다른 것입니다."

"어렵네요. 철학적인 관점인가요?"

"철학 같은 건 모르겠고, 숫자는 본질적인 것이 아니라는 말입니다. 40kg이면 마른 것이고, 80kg이면 뚱뚱한 것이라는 것이 맞는 걸까요? 만약 몸 안에 40kg짜리 쇳덩어리가 있다면 사실은 말랐는데 뚱뚱하다고 할 수 있을까요?"

"그건 극단적인 생각입니다. 몸 안에 40kg짜리 쇳덩어리가 있는 사람은 없잖아요."

"극단적인 예가 이해하기 쉬우니까 그렇게 말씀드린 겁니다. 다른 예로, 같은 60kg이라도 지방이 많은 사람과 근육이 많은 사람은 다르잖아요."

"요즘 나오는 체중계는 체지방율도 잴 수 있습니다."

"체지방율만으로는 알 수 없는 것도 많이 있습니다. 그 외에 체온이나 혈압이나 맥박 등, 측정해서 수치화할 수 있는 지표도 있고 혈액 검사도 있지만, 여전히 알 수 없는 것은 많습니다."

"그건 그렇죠."

"그런 수많은 지표를 통합적으로 생각해도 판단하기 쉽지 않습니다."

"그런데 어떻게 보기만 해도 알 수 있죠?"

"사람의 뇌는 훌륭합니다. 그런 수치들을 한순간에 통합적으로 판단해 버립니다."

"그런 건가요?"

"네, 그래서 한눈에 그 사람의 체중이 적정선에 비해 뚱뚱한 건지 마른 건지 금방 알 수 있는 겁니다."

"흠…… 좀 더 이해하기 쉽게 설명해 주시겠습니까?"

"거울을 보고 '살쪘다'라고 느끼면 뚱뚱한 것이고, '말랐다'고 느끼면 마른 겁니다. 겉모습에서 느껴지는 인상을 믿어야 합니다. 체중계의 숫자에 현혹되면 안 됩니다."

"그렇군요. 그럼 저를 보면 어떻게 생각되시죠? 뚱뚱한가요? 말랐나요?"

"약간 마른 편이군요."

탐정이 이번엔 나를 가리키며 물었다.

"이분은 어떤가요?"

"보통 아닌가요? 약간 통통하신 것 같네요. 두 분 모두 건강한 상태라고 생각합니다."

"다른 사람에 대해서는 감각이 어긋나 있지 않군."

탐정은 혼자 중얼거렸다. 하즈미는 못 들은 건지 탐정의 말에 반응하지 않았다.

"도야마 씨 자신은 어떠십니까? 건강한 상태이신가요?"

"일단은 건강한 상태라고 생각합니다. 그쪽에 계신 여성분보다 약간 더 통통한 상태이긴 합니다만."

명백한 인지 장애 상태였다. 정신과 상담을 받거나 심리 치료를 받아야 하는데, 탐정은 어떻게든 자신이 해결하고 싶은가 보다.

"그렇군요. 도야마 씨는 약간 통통하다고 생각하시는군요. 하지만 이 상태를 유지할 수 있다면 별문제 없는 거 아닌가요?"

"현상 유지라뇨. 한 달 동안 아무것도 먹지 않았는데 점점 살이 찌고 있습니다. 이대로 갔다가는 머지않아 심각한 비만이 될 겁니다."

"한 달 동안이나 드시지 않았다고요?"

"네."

"보통 사람 같으면 굶어 죽지 않나요?"

"원래대로라면 그렇겠죠. 하지만 보시는 대로 이 상태입니다."

"이곳에 들어오셨을 때는 휘청휘청하셨는데, 그건 자각하셨나요?"

"무슨 소리 하시는 거예요? 저를 바보 취급하시는 건가요?"

"저는 그저 도야마 씨가 자신의 몸 상태를 어느 정도 파악하고 있으신지 확인한 것뿐입니다."

"어젯밤에 잠을 늦게 잤거든요. 수면 부족으로 약간 휘청했던 것 같습니다."

"만약…… 만약입니다만, 한 달 동안 아무것도 먹지 않은 사람이 있다면 그 사람이 휘청거려도 별로 이상한 건 아니겠죠?"

하즈미는 담담하게 대답했다.

"물론이죠. 그런 사람이라면 바짝 말라 있었겠죠."

"제가 부탁 좀 드려도 되겠습니까?"

내가 물었다.

"뭔가요?"

"저희 둘의 모습과 도야마 씨 자신의 모습을 그려 주실 수 있나요?"

"가능합니다만, 그게 무슨 의미가 있는 건가요?"

"그거 좋은 생각인 것 같군. 도야마 씨, 작은 실험이라고 생각하시면 됩니다. 그러니까…… 사람을 그려 봄으로써 관찰력이 일시적으로 높아져서 중요한 것을 알아낼 수도 있을 듯합니다."

탐정이 말했다.

"정말요?"

그녀는 반신반의하면서 내가 내민 하얀 종이에 세 사람의 모습을 그렸다. 탐정과 나의 모습은 거의 정확하다고 할 수 있지만, 그녀 자신의 모습은 완전히 달랐다. 우리들보다 약간 더 통통한 모습으로 그려 놓았다.

그렇구나. 이것이 그녀가 갖고 있는 자기 이미지라고 한다면 긴박감을 전혀 느끼지 못하는 것이 이해된다. 그녀는 자신의 생명이 위태롭다는 것을 알아차리지 못하고 있다.

역시 이건 우리가 해결할 수 있는 문제가 아니다. 탐정 쪽을 봤더니, 그는 아무런 말도 하지 말라는 눈치를 주었다. 뭘 어떻게 하려는 것인지 전혀 짐작이 가지 않았지만, 일단 지켜보기로 했다.

"어때요? 이제 아시겠죠?"

하즈미는 자신 있는 표정으로 말했다.

"물론입니다."

탐정은 미소를 지었다. 재미있어서 어쩔 줄 모르는 모습이었다.

"그럼, 도야마 씨의 몸에 일어나고 있는 현상에 관해 좀 더 자세하게 알려 주시겠습니까?"

"더 자세하게요? 지금까지 한 얘기가 다인데요."

"지금까지 하신 말씀은 도야마 씨의 주관적인 것이었습니다. 이번에는 객관적인 정보를 알고 싶습니다."

"지인이라도 불러오라는 말씀이신가요?"

"그 정도까지 수고하실 필요는 없습니다. 주변 사람들의 도야마 씨에 대한 태도만 알려 주시면 됩니다. 생각나는 데까지만이라도 좋습니다."

"주변 사람들이라고 해 봤자……."

"일하시는 곳에 있는 사람들의 반응은 어땠습니까?"

"최근 몇 달 동안 휴직을 해서 회사 동료들의 반응은 말씀드릴 게 없습니다."

"휴직하신 이유는요?"

"물론, 다이어트에 전념하고 싶어서죠."

"다이어트를 위해서 휴직하셨다고요? 회사의 반응은 어땠나요?"

"회사에 안 가서 모른다니까요."

"그게 아니라, 휴직한다고 했을 때 상사의 반응은 어땠죠?"

"글쎄요."

"어떤 표정을 하고 있었나요?"

"전화로 말해서 잘 모르겠습니다."

"전화로 휴직한다고 하셨다고요?"

"네, 휴직하자고 마음먹었으니 빨리 하는 편이 좋잖아요."

"그러셨군요. 그래서 상대의 반응은요?"

"반응요?"

"휴직을 하겠다고 했더니 상대방은 뭐라고 하던가요?"

"아아, 뭔가 어려운 말을 해서 끊어 버렸습니다."

"네? 그럼 휴직 허가도 받지 못한 건가요?"

"허가요? 어차피 무슨 말을 하든 휴직을 할 생각이었습니다. 허가 같은 건 필요 없었어요. 그런 것에 시간을 허비하느니 바로 다이어트에 집중하고 싶었습니다."

"그렇군요. 알겠습니다. 다이어트를 결심한 순간부터 완전히 집중하셨다는 말씀이시군요. 일하시던 곳은 다이어트에 방해되니까 끊어 버렸고요."

"아, 끊어 버린 건 아닙니다. 비교적 마음에 드는 직장이었기 때문에 다이어트가 끝나면 다시 일할 생각이거든요."

"그럴 경우, 회사 측의 의사도 생각해 봐야 하지 않을까요?"

"회사에서 그만두라고 한 것이 아니고 제가 휴직한다고 말한 거라, 회사가 저를 그만두게 할 이유는 없습니다. 제가 다시 일하겠다고 하면 바로 일할 수 있을 겁니다."

하즈미는 단언했다. 무서운 자신감이다. 하지만 그 자신감은 일방적인 것이었다. 자기만 생각하는.

"아, 그러시군요."

탐정은 하즈미의 말을 그대로 받아들이는 듯했다. 나는 눈을 동그랗게 뜨고 탐정을 바라봤다.

"회사 이외의 교우 관계는 어떤가요?"

"저는 일부러 친구를 만들지 않고 있습니다."

"인간관계가 귀찮으신가요?"

"그렇습니다. 인간관계 같은 건 다이어트에 아무런 도움이 안 되잖아요."

"맞는 말씀이십니다. 그럼 친구까지는 아니더라도 평소에 자주 대화를 하는 사람은 없으신가요? 자주 가는 가게의 주인이나 점원 같은."

"아파트 앞에 있는 편의점 점장은 인상이 별로 안 좋더라고요. 응대할 때 사람 얼굴도 제대로 안 보고."

"도야마 씨에게는 어떤 태도를 보이나요?"

"못 본 척합니다. 그러면서도 힐끔힐끔 쳐다본다는 거, 알거든요. 계산대에 물건을 올려놓을 때도 눈길 하나 안 줘요. 바코드 찍은 다음 가격만 말하고, 돈 내면 거스름돈 내주고."

"도야마 씨의 얼굴은 한 번도 보지 않는군요."

"네."

"그러고 나서 어떻게 하나요?"

"제가 가게 밖으로 나가면 바로 자기들끼리 제 험담을 합니다. 거리낌 없이 당당하게."

"그 험담은 어떤 내용이죠?"

"내용은 모릅니다. 가게 밖에서는 안 들려요."

"그럼 어떻게 그게 험담인지 알 수 있죠?"

"얼굴에 드러납니다. 저는 얼굴만 봐도 알 수 있어요."

"증거는 없는 거군요."

"증거도 있습니다. 저의 직감입니다."

"그렇군요. 그 외 사람들은 어떤가요?"

아파트에서 자주 마주치는 엄마와 아이가 있습니다. 엄마는 저보다 열 살 정도 젊어 보이는데, 아이를 유모차에 태우고 다닙니다. 아이를 낳았음에도 불구하고 꽤 날씬합니다. 그걸 꽤 자랑스럽게 생각하는 것 같더군요."

"도야마 씨는 그 엄마와 아이를 보면 어떻게 하십니까?"

"아무것도 안 합니다. 그런 사람들과 알고 지내 봤자 아무 도움이 안 되거든요."

"무시하시는군요."

"무시하는 건 아닙니다."

"그럼 뭐라고 해야 하죠?"

"접촉을 피하는 것뿐입니다."

"상대방은 도야마 씨를 보고 어떻게 하나요?"

"처음에는 가볍게 인사했는데, 어느새 아무런 반응도 안 하게 되었습니다. 나중에는 완전히 무시하더군요. 봐도 못 본 척하고."

"아마도 도야마 씨는 그 아파트에서 '금기'의 존재가 되신 것 같네요."

"그게 무슨 뜻이죠?"

"도야마 씨는 없는 존재가 된 겁니다. 당신은 없는 것으로 간주하는 규칙이 생긴 거죠."

"왜 제가 그런 괴롭힘을 당해야 하나요?"

"괴롭힘이 아니라 '자위 조치'라고 할 수 있습니다."

"무슨 말씀이신지 모르겠네요."

"그건 차차 설명해 드리겠습니다. 우선 도야마 씨의 신변에 벌어지는 일을 해명해야죠."

탐정은 능숙하게 발뺌했다.

"그분들 외에 자주 마주치는 사람은 없나요?"

"아파트 안에는 없네요."

"아파트의 주민에 한정할 필요는 없습니다."

"없습니다. 편의점 직원 얘기는 이미 해 드렸고."

"단순히 안면만 있는 사이도 상관없습니다."

"없다니까요."

하즈미는 고개를 가로저었다.

"수금원은요?"

"저는 계좌 이체로 해서 수금원은 안 옵니다."

"영업하는 사람들은 안 오나요?"

"방문 손님 외에는 들어올 수 없어서 영업하는 사람들은 못 옵니다."

"택배 기사는요?"

"아, 택배 기사는 옵니다."

"그럼 택배 기사하고 안면이 있지 않나요?"

"그렇다고 할 수도 있지만……."

"택배 기사 중에서 인상에 남는 사람은 없나요?"

"인상에 남는 사람요? 택배 기사들을 일일이 기억 못 합니다."

"사소한 것이라도 좋습니다."

"택배 기사들은 대체로 모자를 깊게 눌러쓰고 마스크도 써서 얼굴이 잘 안 보여요. 체격도 비슷비슷하고."

"잠깐만요. 마스크라니, 무슨 말씀이시죠?"

"코와 입을 가리는 거 있잖아요."

"그 뜻을 물어본 게 아닙니다. 방금 택배 기사가 마스크를 하고 있다고 하셨죠?"

"네, 요즘엔 모두 하고 있던데. 감염 예방 조례 같은 거 때문 아닌가요?"

탐정은 나를 보고 물었다.

"나는 별로 신경 안 써서 몰랐는데, 최근에 그런 일이 있었나?"

"아뇨. 개중에는 마스크를 쓴 사람도 있지만, 안 쓴 사람이 더 많습니다."

"흐음……."

탐정은 생각에 잠겼다.

"그럼, 저한테 오는 택배 기사만 마스크를 쓰는 건가요? 그것 역시 '금기' 때문일까요?"

"가능성이 제로는 아닙니다만, 아마 그건 아닐 겁니다."

"그럼 어떻게 된 거죠?"

"좀 더 정보가 필요합니다. 최근, 택배 기사와 문제가 있었던 적은 없나요?"

"문제라……. 아, 맞다. 그러고 보니……."

"뭔가 있었나요?"

"얼마 전 일입니다. 주문한 물건이 오지 않아서 인터넷으로 배달 상황을 조회해 봤습니다. 배달 완료로 돼 있더군요."

"받았는데 깜빡하신 건 아니고?"

"그런 일은 절대 없습니다."

"그래서 어떻게 하셨나요?"

"택배 회사에 전화해서 확인했습니다. 그랬더니 역시 배달 완료로 확인된다고 했습니다. 수취인 사인도 받았다 하더라고요. 그래서 담당 택배 기사를 불러 달라고 했습니다."

"택배 기사가 왔나요?"

"네, 한참 후에 오더군요."

"뭐라고 하던가요?"

"죄송합니다, 죄송합니다, 하며 사죄하더군요."

"수취인 확인 부분은 뭐라고 하던가요?"

"자기가 착각한 것 같다고 했습니다."

"그분도 모자를 깊게 눌러쓰고 마스크까지 하고 있었나요?"

"네."

"택배 회사에 전화하셨을 때 뭔가 이상한 점은 없었나요?"

"특별한 건 없었습니다. 주소를 몇 번이고 물어보는 게 좀 짜증 났지만요."

"그때 주문하신 물건의 내용, 기억하십니까?"

"네."

"먹을 건가요?"

"아닙니다. 다이어트 제품입니다."

탐정은 갑자기 입을 다물었다.

"왜 그러세요?"

하즈미가 물었다.

"선생님께서 뭔가 단서를 잡으신 것 같습니다."

내가 대신 대답했다.

"지금 제가 한 말에서요?"

"네, 그런 것 같습니다."

"어느 부분에서요?"

하즈미는 의아한 표정을 지었다.

"글쎄요, 택배와 관련된 부분이 아닐까요?"

"택배의 어느 부분 말씀이시죠?"

"그것까지는 잘 모르겠습니다."

"그나저나, 제가 무사히 다이어트에 성공할 수 있을까요?"

"저로서는 말씀드리기 어렵습니다."

나는 오싹한 기분으로 하즈미의 몸을 빠르게 훑어봤다.

"다이어트에 성공하지 못한다면 이곳에 온 의미가 없잖아요. 해결할 수 있겠죠?"

"저의 개인적인 의견입니다만……."

"네."

"다이어트는 성공하실 수 있을 겁니다. 여기 말고 다른 곳에 가시면……."

"그게 무슨 말씀이시죠? 여기서는 해결 못 하나요?"

"그렇지 않아."

그렇게 말한 탐정이 나를 바라보았다.

"이상한 소리 하지 말게. 해결할 수 있어. 아니, 이미 해결했어. 수수께끼를 전부 풀었단 말이지. 그리고 도야마 씨는 무사히 다이어트에 성공하실 거야."

*

"도야마 씨, 당신의 다이어트 블로그는 방문자 수가 꽤 많은 편이죠? 책도 출간하신다고 하셨죠?"

"아, 네. 책 출간 얘기는 아직 유동적입니다만."

하즈미의 몸을 보면 출판사 편집자가 분명 OK하지 않을 것이다.

"도야마 씨의 블로그에 쓰여진 내용은 영향력이 있다고 봐도 되겠죠?"

"네. 뭐 이미 세상에 많이 알려진 다이어트 방법에 관해서는 큰 영향이 없겠지만, 생긴 지 얼마 안 된 다이어트 운동이라든가, 다이어트 식품이라든가, 다이어트 기구라든가, 그런 것들은 제가 쓰는 내용에 따라 매출에 영향을 미치는 것으로 압니다."

"예를 들어 비슷한 타입의 상품이 경쟁할 경우, 그중 한쪽이 효과가 좋다고 하면 다른 한쪽은 매출이 떨어진다고 봐도 될까요?"

"그 정도까지 영향력이 있을지는 모르겠습니다."

"그렇게 생각하는 사람이 있을 수도 있겠죠?"

"그럴지도 모르겠네요."

"일단, 그런 사람이 있다고 칩시다. 그는 다이어트 제품 사업을 하고 있습니다. 그리고 어느 날 도야마 씨의 블로그를 보고 라이벌 제품의 모니터를 하게 되었습니다. 만약 도야마 씨의 반응이 좋다면 자사의 제품이 불리해진다고 생각할 수 있겠죠?"

"그럴 수 있겠죠."

"그 사람이 어떻게든 라이벌 제품을 방해하고 싶었다고 가정해 봅시다. 어떤 방법이 있을까요?"

"블로그에 악플을 달아서 이미지를 떨어뜨릴 수 있겠죠."

"그것도 하나의 방법이겠죠. 다만, 그렇게 하면 라이벌 제품의 인기는 떨어지겠지만 자신에게는 이득이 없습니다."

"블로그를 해킹해서 그 제품은 효과가 없다고 거짓 글을 올리는 건 어떨까요?"

"그것도 좋은 방법이군요. 하지만 블로그를 해킹당한 걸 빨리 알아차리면 소용없지 않을까요?"

"그럴 수 있겠죠. 저는 하루에 2회 이상 블로그를 갱신하니까 반나절 안에 들통나겠네요."

"게다가 도야마 씨는 블로그가 해킹당했다는 것을 공표하실 테니, 글의 내용이 허위라는 것이 알려지면서 오히려 역효과가 날 것입니다."

"다른 방법은 생각이 안 나네요."

"좀 더 단순한 방법이 있습니다. 도야마 씨가 그 제품은 효과가 없다고 쓰게 만들면 됩니다."

"그런 건 불가능합니다."

"어째서 그렇게 단언하실 수 있죠?"

"저는 협박에 굴복하지 않으니까요. 협박을 당한 적도 없고요."

"협박 이외의 방법이 있지 않나요?"

하즈미가 고민하는 표정으로 말했다.

"그런 방법은 모르겠네요."

"범인은 이미 자신의 의도대로 글을 쓰게 만들었습니다."

"그게 무슨 말씀이시죠? 제가 조종당하고 있다는 건가요?"

"그렇다고 할 수 있죠."

"저는 블로그에 진실만 씁니다."

"물론, 도야마 씨는 그렇게 생각하시겠죠. 현재 리뷰하고 있는 다이어트 제품이 뭔가요?"

탐정이 부드러운 목소리로 물었다.

"하이퍼마나입니다."

"하이퍼마나의 다이어트 효과가 좋다고 블로그에 쓰셨습니까?"

"아뇨, 한 달 동안 음식을 아무것도 먹지 않았는데 점점 살이 찌고 있다고 말씀드렸잖아요. 하이퍼마나는 다이어트에 역효과입니다. 블로그에도 그렇게 썼습니다."

"거보세요, 범인의 의도대로 하고 계시네요."

"하이퍼마나는 정말 효과가 없었으니 조종당한 건 아니죠."

"하이퍼마나가 사실은 효과가 있다면요?"

"그럴 리가 없습니다."

"어떻게 그렇게 단언하실 수 있죠?"

"저는 살이 빠지지 않았으니까요. 거울을 보면 확실히 알 수 있습니다."

"그렇습니다. 당신은 살이 빠지기는커녕 찌셨습니다. 하지만 하이퍼마나는 다이어트 효과가 있습니다."

"그건 말도 안 됩니다."

"말이 됩니다. 하이퍼마나에 다이어트 효과가 있어도 당신을 살찌게 만들 수 있는 방법이 있거든요."

탐정은 자신 있게 말했다.

"대체 그게 어떤 방법인가요?"

"하이퍼마나라 속이고 다른 제품을 사용하게 만드는 겁니다."

"그거야말로 말도 안 됩니다. 저는 제작사가 택배로 직접 보내준 제품을 사용했습니다. 설령 범인이 가짜 제품을 따로 보냈다고 해도, 진짜 제품이 또 오잖아요. 금방 들통날 겁니다."

"그 점을 해결하는 방법이 있습니다. 애당초 도야마 씨가 진짜 하이퍼마나만 사용하셨다면 이 지경이 되지 않았을 겁니다."

"그게 무슨 말씀이신가요?"

"도야마 씨는 최근 한 달 동안 음식은 전혀 드시지 않았다고 하셨죠?"

"네, 물론입니다. 물은 마셨습니다만."

"그럼 음식 이외에 무엇을 드셨습니까?"

탐정이 진지한 표정으로 물었다.

"당연히 아무것도 안 드셨겠죠."

내가 끼어들었다.

"물론, 음식 이외의 것은 먹었죠."

하즈미는 당연하다는 듯 대답했다.

"네? 드셨다고요?"

나는 깜짝 놀랐다.

"정확하게 말하면, 먹은 거라고 할 순 없죠. 음식이 아니니까요."

"그게 말이 되나요?"

나는 눈을 동그랗게 떴다.

"말이 되고말고. 도야마 씨가 그렇게 생각하시면 그런 거지."

내게 말한 탐정은 하즈미를 향해 말을 이어 갔다.

"하이퍼마나가 음식이 아니라고 한다면, 하이퍼마나만 드신 도야마 씨는 한 달 동안 절식을 한 것이 됩니다. 하지만 그 하이퍼마나가 사실은 가짜에 고칼로리 음식이었다면 어떨까요?"

"네? 설마⋯⋯."

"하이퍼마나가 어떤 음식과 닮지 않았나요?"

"동그랗고 두꺼운 것 위에 소시지 같은 것이 잔뜩 올라가 있고 치즈 맛이 났습니다. 겉모습과 맛은 냉동 피자와 똑같았죠."

"그건 그냥 냉동 피자잖아요."

나는 나도 모르게 큰 소리로 말했다.

"그럴 리가……."

하즈미는 말문이 막혔다. 탐정이 조용한 목소리로 말했다.

"안타깝게도 그렇게 된 겁니다."

"그럼 제가 매일같이 냉동 피자를 두 판씩 먹었던 거네요."

"두 판씩이나요?"

탐정은 동요하는 기색을 보였다.

"하루에 한 장씩 이상은 먹어야 효과가 있다고 설명서에 쓰여 있었거든요."

"드시면서 눈치채지 못하셨나요?"

나는 솔직히 의문을 제기했다.

"냉동 상태라 원래 이런 건가 했죠. 제가 하이퍼마나를 먹어 본 적이 없었거든요."

"지금 '먹었다'고 하셨네요. 하이퍼마나는 먹을 것이 아닌데."

"아, 잘못 말한 겁니다. 정확하게는 '입에 넣었다'가 되겠죠."

하즈미는 힘주어 말했다.

"그런데 어떻게 하이퍼마나와 냉동 피자를 바꿔치기했다는 걸 아셨죠?"

"택배 기사와 문제가 발생했었다는 얘기를 듣고 바로 눈치챘습니다. 도야마 씨 댁에 찾아왔던 택배 기사는 가짭니다."

"가짜 택배 기사가 가짜 하이퍼마나를 가져다줬다고요? 그럼 진짜 하이퍼마나는 어떻게 된 건가요?"

"다른 주소로 보내졌을 겁니다."

"하지만 저는 제대로 된 주소를 제조사에 알려 줬습니다."

"네, 제조사는 제대로 된 주소로 발송했을 겁니다. 하지만 다른 주소로 보내진 거죠."

"'주소 이전 신고'를 했다는 건가요?"

탐정은 고개를 끄덕였다.

"주소 이전 신고서를 제출하면 택배는 일정 기간 동안 새로운 주소로 배달되니까요."

"저는 주소 이전 신고 안 했는데요."

"범인이 제출했을 겁니다."

"남이 그렇게 마음대로 제출할 수 있는 건가요?"

나는 궁금해서 물었다.

"마음만 먹으면 할 수 있지. 하지만 물건이 배달이 안 되니 금방 들키고 말겠지. 게다가 범인의 주소까지 알려질 테니 보통은 그런 짓 안 하지."

"저의 경우, 택배는 제대로 왔습니다."

하즈미가 말했다.

"댁에 돌아가셔서 택배 상자를 잘 살펴보세요. 수신인 라벨 위에 또 다른 라벨이 붙어 있을 겁니다."

"그러고 보니, 요즘 주소 라벨이 이중으로 붙어 있었던 거 같아요. 하지만 제대로 된 주소였어요."

"위에 붙은 걸 잘 떼서 보시면 아실 수 있을 겁니다. 원래 주소의 602호가 502호로 찍혀 있을 겁니다."

"그게 무슨 말씀이시죠?"

"범인은 502호에 살 겁니다. 602호에서 502호로 이사했다는 가짜 '주소 이전 신고서'를 도야마 씨 이름으로 제출한 거죠. 하이퍼마나의 제조사가 어느 택배 회사를 이용하고 있는지는 모르지만, 아마도 범인은 주요 택배 회사들 모두에게 '주소 이전 신고서'를 제출했을 겁니다. 그래서 도야마 씨에게 가는 택배는 602호가 아닌 502호에 사는 범인에게 배달된 것입니다."

"택배는 전부 저희 집에 왔습니다."

"범인이 수정된 라벨을 붙여서 배달해 준 거죠."

"범인이요?"

"네, 받은 택배의 물건을 바꿔치기한 후 602호에 사는 도야마 씨에게 가져다준 겁니다."

"택배 기사는 유니폼을 입고 있었습니다."

"어떤 방법으로 입수했거나 위조된 유니폼일 수 있습니다."

"모든 택배 회사의 유니폼을요?"

"주된 업체는 몇 개 안 됩니다. 준비하는 건 불가능하지 않아요."

"모든 택배 회사의 물건을 같은 사람이 배달했다고요?"

"그래서 모자를 눈까지 안 보이게 눌러쓰고 마스크까지 하고 있었겠죠."

"택배를 전부 바꿔치기했다는 건가요?"

"아뇨, 바꿔치기한 건 하이퍼마나뿐일 겁니다. 그 외는 그대로 배달했을 겁니다."

"선생님, 지금 하신 말씀은 그냥 추측이신가요? 아니면 근거가 있는 겁니까?"

내가 물었다.

"근거라면 있어. 도야마 씨가 배달 지연에 대해 얘기한 거 들었지?"

"네."

"범인은 물건을 받은 다음, 실수로 도야마 씨의 집에 배달하지 못했던 거야. 그래서 도야마 씨가 배달이 안 되었다고 택배 회사에 연락했어. 택배 회사에서 주소를 반복해서 물어봤다고 하셨죠?"

"네."

"이전 신고된 주소와 현재 살고 계신 곳의 주소가 미묘하게 달랐기 때문일 겁니다. 완전히 다른 주소였다면 금방 알아차리셨겠지만, 거의 같은 주소라 제대로 못 알아들었다고 생각하신 겁니다. 도야마 씨의 클레임을 받았던 택배 회사는 범인의 집에 배달 기사를 보냈겠죠. 그래서 범인은 자신이 실수했다는 것을 알게 된 겁니다. 범인은 진짜 배달 기사에게 적당히 둘러댄 다음, 서둘러 물건을 도야마 씨에게 배달한 것입니다. 도야마 씨가 뭔가 이상하다는 것을 느껴서 택배 회사에 다시 연락해서 주소를 확인했다면 상황은 더 꼬였겠죠. 주소가 바뀌었다는 게 탄로 났을 테니까. 그걸 급히 수습하기 위해, 범인은 직접 찾아가서 사과할 수밖에 없었겠죠."

"어떻게 그런 일이……."

하즈미는 얼굴을 찡그리며 머리를 감쌌다. 나는 걱정스러운 표정으로 물어보았다.

"괜찮으세요?"

"네, 약간 충격이지만 괜찮습니다. 누군가 제 택배 물건들을 전부 들여다봤다니, 생각만 해도……."

"범인은 하이퍼마나 외의 택배 내용물은 확인하지 않았을 겁니다. 하이퍼마나를 냉동 피자와 바꿔치기하려고 그런 거니까요."

"저는 어떻게 하면 좋을까요?"

"먼저 택배 회사에 연락해서 배송을 중지시켜야죠. 그리고 범인을 잡아야 하니, 경찰에 연락하시길 바랍니다. 부디 혼자서 만나러 가지는 마시기 바랍니다. 그렇게 위험한 사람은 아닐 것 같지만, 궁지에 몰리면 무슨 짓을 할지도 모르니까요."

하즈미는 기운이 없는 듯 소파에 등을 기댔다. 그때, 우지직하고 소파의 뒷다리가 부러졌다.

"결국 무게를 버티지 못한 건가……."

탐정은 가볍게 혀를 찼다. 나는 하즈미를 부축했지만, 도저히 일으켜 올릴 수 없었다. 그럴 만도 했다. 그녀는 아마 200kg에 육박하는 무게일 테니.

탐정과 둘이서 있는 힘을 다해 겨우 하즈미를 일으켜 세웠다. 내가 물었다.

"어떻게 할까요? 구급차라도 부를까요?"

"괘…… 괜찮습니다. 호…… 혼자서 갈 수 있습니다."

하즈미는 당장이라도 쓰러질 듯한 모습으로 비틀비틀 걸어갔다. 한 걸음 내딛을 때마다 삐걱 소리가 났고, 자칫하면 바닥이 무너져 버릴 것 같았다.

하즈미가 돌아간 후, 탐정은 툭 하고 한마디 했다.

"아까 말한 건 취소해야겠네. 살이 쪄도 정도껏 쪄야지. 한계를 넘어 버리면 절대 호감을 가질 수 없군."

식재료

"엄청난 폭풍우네."

탐정이 창밖을 내다보며 불쑥 말했다.

"이 태풍 이름이 뭐라고 했죠?"

나는 그다지 관심은 없었지만 탐정의 말에 맞장구를 쳤다.

"틀렸어."

"네? 태풍 이름을 물었을 뿐인데 틀렸다니, 그게 무슨 말씀이시죠?"

"자네는 이 폭풍우를 태풍이라고 했잖아."

"태풍 맞잖아요."

"이건 태풍이 아니야."

"어제 일기 예보에서 태풍이 오고 있다고 했어요."

"그랬지."

"그럼 태풍이잖아요."

"아냐, 이미 태풍이 아니야. 태풍에서 변화한 것이지."

"태풍에서 변화했다고요? 그럼 태풍이 아니고 뭔가요?"

"온대성 저기압이지."

나는 어이없는 표정으로 창밖을 보았다. 휘이휘이, 요란한 소리를 내는 바람에 우산, 간판, 비닐 시트, 라바콘(빨간색의 플라스틱 원뿔 모양의 교통 통제 도구로 트래픽콘이라고도 함) 들이 날리고 있었다.

"아무리 봐도 풍속 17m는 넘을 것 같은데요."

"그러게 말이야. 최대 순간 풍속 40m 이상은 되겠어."

"그렇다면 태풍의 정의에 맞잖아요."

"무슨 소리. 태풍의 정의에는 풍속만 있는 게 아니야."

"저는 처음 듣는 얘긴데요?"

"폭탄 저기압이란 말, 들어 본 적 있나?"

"그야 있죠. 기상청에서는 쓰지 않는 기상 용어라고 알고 있습니다."

"그래, 기상청에서는 사용하지 않지. 그럼에도 불구하고 매스컴에서 많이 사용하는 단어지. 왠지 아는가?"

"모르겠습니다."

나는 쓸데없는 논쟁을 피하고 싶어서 조속히 백기를 들었다.

"편리하기 때문이야. 분명히 폭풍우를 동반하고 있지만, 태풍이라고 부르기 애매할 때가 있거든. 기상청에서의 표현은 '급속하게 발달한 저기압'이 되지만, 그다지 임팩트랄까 위기감이 없잖아. 그래서 외국의 기상 연구가들이 사용하는 용어인 'bomb cyclone'에서 'bomb' 즉, '폭탄'이란 단어를 가져와 사용하게 된 거야. 뭔가 그럴듯해 보이잖아."

"태풍과 폭탄 저기압은 어떻게 다르죠?"

"발생 메커니즘이 다르지. 태풍은 열대 저기압이고, 폭탄 저기압은 온대 저기압이거든. 열대 저기압은 따뜻한 해수면에서 발생하는 상승 기류가 에너지원이지만, 온대 저기압은 한기와 난기가 서로 맞부딪치는 곳에서 생기는 공기의 온도차를 에너지원으로 하여 발생하는 거야."

"그렇다면 태풍의 바람이 약해지면 열대 저기압이 되고, 한기와의 온도차로부터 에너지를 얻게 되면 온대 저기압이 되는 건가요?"

"제법 이해가 빠르군."

"그럼 지금은 태풍에서 변화한 폭탄 저기압이라고 할 수 있겠네요."

"아니."

탐정이 이렇게 나올 수 있다는 건 충분히 예상했지만, 그래도 짜증이 나는 건 마찬가지였다.

"그럼 대체 뭔가요?"

"굳이 이름을 붙인다면 '온대성 저기압'이지. 아니면 그냥 '폭풍우'라고 할까."

"최대 순간 풍속이 40m 이상인데도요?"

"태풍의 정의에는 풍속이 포함되어 있지만, 폭탄 저기압의 정의에는 풍속이 포함되어 있지 않아."

"그럼 뭘로 폭탄 저기압이라고 판단할 수 있죠? 비의 양이라든가 그런 거요?"

"기압의 변화지. 한 시간 동안 1헥토파스칼 정도 기압이 저하되는 상태가 열두 시간 이상 지속되면 폭탄 저기압이라고 할 수 있거든."

"그러니까, 태풍의 상태에서 기압이 충분히 떨어지고 나서 온대 저기압이 된 거라, 폭탄 저기압의 정의에서는 벗어났다는 말씀인가요?"

"역시 이해가 빠르군. 그럼 조금 전 질문을 제대로 고쳐서 다시 해 보게."

"원래 온다던 태풍의 이름이 뭐였죠?"

나는 귀찮음을 참으며 다시 물었다.

"몰라. 태풍 같은 거 별로 관심이 없거든."

참자. 이런 걸로 화를 낸다면 이 일을 계속할 수 없을 테니. 나는 정신을 가다듬어 냉정을 찾기 위해 심호흡을 했다. 그때, 거칠게 문을 두드리는 소리가 들렸다.

"누군가 온 거 같네요."

"응, 그런데 왜 초인종은 안 누르는 거지?"

탐정은 현관 카메라의 스위치를 켰다.

화면에는 40대 전후의 남녀가 비쳤다. 말쑥하게 차려입었지만, 온몸이 흠뻑 젖어 있었다. 두 사람 다 얼굴이 창백했고, 여자 쪽은 울고 있는 듯했다.

"저분들, 많이 당황한 것 같군. 특히 남자분 쪽은 초인종도 못 찾고 문을 두드리는 걸 보니 상당히 급한가 봐."

탐정은 스피커 스위치를 켰다.

"바로 열어 드릴 테니 잠시만 기다려 주세요."

밖의 사람들에게 말한 탐정이 나를 돌아보았다.

"현관까지 마중을 나가 주겠나?"

문을 열자마자 두 사람이 뛰어 들어왔다. 남자가 내 어깨를 붙잡고 흔들며 물었다.

"탐정, 탐정 선생님은 어디에 계시나요?"

"안쪽의 사무실에 계십니다."

두 사람은 뛰듯이 사무실로 향했다. 나도 서둘러 두 사람을 쫓았다.

"치사토를…… 저희 딸을 찾아 주세요!"

남자는 크게 소리치며 사무실로 들어갔다.

"아…… 흑…… 우리 치사토, 우리 치사토가…… 흑……."

여자는 그 자리에 무너지듯 주저앉으며 울었다.

"저…… 도대체 무슨 일이 있으셨나요? 진정하시고 말씀을 좀
해 주세요."

여자는 엉엉 울기 시작했다. 남자는 우는 여자를 보며 어쩔 줄
몰라 했다.

"두 분은 부부신가요?"

탐정이 침착한 목소리로 물었다.

"아, 네."

"부인은 응접실에서 좀 쉬시게 해 드리게."

탐정이 나에게 말했다.

여자는 상당히 흥분한 상태라 겨우 달래서 응접실로 데려갔
다. 소파에 앉히자 많이 지쳤는지 갑자기 기운을 잃고 축 늘어졌
다. 실신한 건지 확인할까 했지만, 괜히 건드렸다가 날뛰면 곤란
해질 것 같아서 지금은 그대로 두기로 했다. 일단은 나만 사무실
로 돌아왔다.

"다시 심호흡을 해 보세요. 제대로 정리해서 말씀해 주시지 않
으면 저희 쪽도 대처할 방법이 없습니다. 이곳은 어떻게 오시게
됐죠?"

"눈앞에 고명한 탐정 사무소 간판이 있어서 지푸라기라도 잡

아 보고 싶은 심정으로 달려왔습니다."

"뭔가 다급한 사정이 있어서 저희를 찾으신 건가요?"

"네, 맞습니다."

"먼저, 두 분의 성함을 말씀해 주시겠습니까?"

"제 이름은 오카네 타츠로라고 합니다. 아내는 히사코, 딸은 치사토입니다."

"따님을 찾아 달라고 하셨죠?"

"네. 아까까지는 분명히 같이 있었는데, 갑자기 사라졌어요."

"따님이 갑자기 사라졌다고요? 그거 큰일이군요."

"도와주세요. 치사토는 아직 일곱 살밖에 안 됐습니다."

나는 그 말을 듣고 바로 메모를 써서 탐정에게 보였다. 메모를 쓴 이유는 의뢰인의 앞에서 직접 물어봤다가는 크게 화를 낼지도 모르기 때문이었다.

우선 경찰에 신고하는 게 낫지 않을까?

탐정은 메모 용지를 바로 구겨서 동그랗게 만든 다음 쓰레기통에 던져 넣었다. 경찰에는 알리지 않고 단독으로 해결할 생각인가 보다. 탐정은 이런 식으로 실적을 쌓아 온 거 같다.

"따님이 없어진 곳은 어디인가요?"

"'죠즈비자르'라는 레스토랑입니다."

"이 근처에 있나요?"

"역 앞 건물 안에 있습니다. 여기서 걸어서 5분 정도의 거리에 있습니다."

"역 앞 건물이라고요?"

"네, 역전 제30빌딩입니다."

"아아, 알겠습니다. 레스토랑은 몇 층에 있나요?"

"2층에 있습니다."

"자주 가시는 레스토랑인가요?"

"아뇨, 이번이 처음입니다. 몇 주 전에 오픈한 것을 알고 있어서 한번 가 볼까 생각했었는데, 우연히 우편함에 당일 한정 우대권이 있는 것을 발견하고 가게 되었습니다."

"몇 분이 가셨나요?"

"저와 아내 그리고 딸, 세 명이 갔습니다."

"세 분이 집에서 같이 나가셨나요?"

"아뇨, 아내는 장을 볼 일이 있어서 먼저 집을 나왔습니다. 장을 빨리 봤는지 아내가 먼저 도착해 있더군요. 저와 딸아이가 레스토랑 건물 입구에 도착했을 때 창문을 통해 저희를 발견한 아내가 손을 흔드는 것이 보였습니다."

"건물 입구가 보이는 위치에 자리를 잡고 앉으셨군요."

"네? 아아, 그렇게 되네요. 아내가 앉은 자리에서만 입구를 볼 수 있었습니다. 저는 반대로 등을 돌리는 위치에 앉게 되었죠."

"그렇군요. 그럼, 2층에는 어떻게 올라가셨나요?"

"그런 자질구레한 부분까지 설명이 필요한가요?"

"가능한 세세한 정보까지 모아 둬야 하거든요. 어떤 게 중요한 단서가 될지 알 수 없으니."

"처음엔 엘리베이터로 올라갈까 했는데, 하필이면 그때 식자재업자가 물건을 옮기고 있어서 타지 못했습니다."

"고객용 엘리베이터로 식재료를 옮기고 있었나요?"

"저도 그것이 의문이라 업자에게 물어보았습니다. 빌딩이 워낙 오래된 것이라 출입구도 계단도 엘리베이터도 하나씩밖에 없다고 하더군요. 레스토랑 직원 전용 입구도 2층 고객용 입구의 바로 옆에 있다고 하고요."

"건물의 입구가 하나밖에 없다는 건 방재상 불안 요소입니다. 보통 두 방향으로 대피할 수 있게 돼 있어야 하거든요."

"물어봤더니, 창문으로 탈출할 수 있게 줄사다리 등의 구조 시설이 있어서 괜찮다고 하더라고요."

"그래서 결국 계단으로 올라가셨겠군요?"

"네."

"가게 안으로 들어갔을 때 뭔가 이상한 점은 없었나요?"

"들어갔더니 손님들이 모두 뭔가 들고 있는 광경이 눈에 들어왔습니다."

"뭘 들고 있었죠?"

"예를 들어, 어떤 손님은 종이로 싼 고깃덩어리를 들고 있었습니다. 또 어떤 손님은 가다랑어 한 마리를 들고 있었고요. 그 외에 채소나 버섯 등 다양한 식재료를 가지고 있었습니다. 20석 정도 되는 가게였는데, 그렇게 가져온 손님들이 열 개 팀이나 있더군요."

"손님이 식재료를 가지고 있다니, 묘한 광경이었겠군요."

"네, 저희는 가게에 관해서 아무것도 모르고 있었거든요. '죠 즈비자르'는 그런 식으로 장사를 하는 레스토랑이었나 봅니다."

"그런 식요?"

"손님이 가져온 식재료를 셰프가 즉흥적으로 요리하는 겁니다."

"거참, 희한한 스타일이네요."

"저희가 그런 곳인지도 모르고 들어간 거죠."

"그럼, 식재료를 가져오지 않으면 요리는 먹을 수 없는 곳인가요?"

"아뇨, 그렇지는 않습니다. 가져온 식재료를 조리하는 건 어디까지나 서비스의 일환이고, 가게 측에 준비된 식재료로도 요리가 제공될 수 있습니다. 다만, 메뉴는 따로 없고 셰프가 알아서 만들어 주죠."

"그건 왜죠?"

"대부분의 손님들이 식재료를 가져오는데, 레스토랑에서까지 많이 준비하면 괴잉이 되기 때문입니다. 그래서 보유하고 있는 식재료를 최소화하고 있다네요. 요리 종류도 몇 개 안 되고 마음대로 고를 수도 없고요."

"식재료를 가져오지 않으면 약간 손해 보는 기분이 들겠군요."

"원래 콘셉트가 식재료를 직접 가져오는 가게라 어쩔 수 없겠죠? 그럼 슬슬 본론으로 들어가도 될까요?"

오카네라는 남자는 초조한 표정을 보였다.

"급하신 건 잘 알고 있습니다. 하지만 초동 수사는 매우 중요합니다. 이 부분에서 잘못되면 그야말로 돌이킬 수 없게 되거든요. 정확하고 신속한 판단을 위해서는 충분한 정보가 필요해요. 그럼, 다음 질문입니다. 식재료는 들어올 때 어떻게 주방에 전달되나요?"

탐정이 말했다.

"테이블 옆에 있는 카트에 올려놓더군요. 카트 상부 주위에는 울타리처럼 생긴 부분이 있어서 식재료가 떨어지는 것을 방지할 수 있게 되어 있었습니다. 기다리고 있으면 점원이 와서 카트를 가져가는 식이죠."

"식재료의 조리 방법도 지정할 수 있습니까?"

"손님이 요청할 수도 있지만, 식재료마다 최적의 조리 방법이 있어서 가능하면 셰프에게 맡긴다고 합니다."

"육류로 예를 들면, 최고급에서 슈퍼에서 싸게 파는 것까지 종류가 다양한데 각각 다른 요리가 되는 건가요?"

"자세한 것까지는 모릅니다만, 제가 본 것으로는 같은 소고기 요리라고 해도 스테이크가 되기도 하고, 와인 조림이 되기도 하고, 스키야키가 되기도 하고, 케밥이 되기도 하고 여러 가지였습니다."

"대단하군요. 그런데 정말로 가져온 식재료로 조리해 주나요? 가게에 있는 식재료로 조리한 것을 내놓을 가능성은 없나요?"

"진기한 식재료가 제대로 요리되어 나오는 것을 보면 그렇지는 않은 것 같습니다. 사냥해서 잡은 야생 오리를 가져온 사람이 있었는데, 거의 그 모양대로 통구이가 되어 나온 것을 봤습니다. 한참 먹다가 총알이 나왔다고 난리였어요. 큰 메기를 가져온 사람도 있었는데, 똠양꿍 수프와 튀김 요리가 되어 나오더군요."

"오리나 메기가 그렇게 진기한 식재료는 아니죠."

"악어를 가져온 사람도 있었습니다."

"진짜 악어를요?"

"그렇습니다. 전체 길이가 1m 정도였는데, 반쪽은 그대로 굽고 나머지는 초밥을 만들어서 내놓더군요."

"악어 초밥이라……. 생고기였나요?"

"글쎄요, 거기까지는 잘 모르겠네요. 이름은 잘 모르지만, 눈알이 커다란 상어랑 닮은 심해어도 '이케즈쿠리(살아 있는 생선을 바로 회 떠서 머리, 꼬리, 지느러미는 본래 모양대로 하여 접시에 올려놓는 회 썰기 방법)'로 나온 걸 봤습니다."

"완전히 색다른 식재료도 조리해 주나요?"

"지금까지 말씀드린 것은 색다른 부류에 들지 않겠죠. 개구리나 달팽이를 가져온 사람도 있었습니다."

"식용 개구리나 식용 달팽이 정도는 색다른 것이라고 하지 않죠."

"하지만 식용 개구리의 '이케즈쿠리'나 식용 달팽이의 '오도리구이(살아 있는 상태에서 초간장에 찍어 먹는 요리)' 같은 건 흔하지 않죠."

"그건 보기 드문 요리라고 할 수 있겠네요. 위생 문제가 좀 걱정되지만."

"특수한 조리법이 있어서 위생 문제는 괜찮다네요."

탐정은 찡그린 얼굴로 메모를 했다.

"또 다른 특이점은 없었나요?"

"요리의 종류가 꽤 많았던 것 같습니다. 갓 잡은 상태나 손질이 되어 있는 것에 상관없이 적당한 형태의 요리로 나오더군요."

"거의 그대로, 그러니까 털이나 깃털이 그대로 있는 동물 같은 것도 가능한가요?"

"살아 있는 것도 있었습니다. 좀 전에 말씀드린 식용 개구리나 식용 달팽이 요리도 식재료가 살아 있는 상태였어요."

"그건 양서류나 어패류잖아요."

"아, 조류나 포유류도 상관없습니다. 살아 있는 닭이나 토끼를 카트에 올려놓은 사람들도 있었거든요."

"가게 안에서 동물 도살까지 하고 있다는 얘긴가요?"

"그렇겠죠."

"식사하는 곳에서 도살은 좀 그렇지 않나요?"

"생선 같은 건 요리사가 눈앞에서 산 채로 손질하잖아요."

"생선은 비교적 혐오감이 느껴지지 않잖아요."

"물론, 손님들이 볼 수 있는 곳에서 도살하고 해체하는 건 아닙니다. 점원에게 물어보니 조리 공간과 별도로 완전 방음이 되는 육류 처리실이 있다고 하더군요."

"그래도 방금 전까지 살아 있던 거라 위화감이 있을 것 같은데요."

"조리가 능숙해서인지, 요리의 맛에 심취해서 별로 신경 쓰지 않는 것 같았습니다. 토끼, 닭 이외에도 카나리아, 다람쥐, 뉴트리아, 개, 고양이까지 가져온 사람도 있었습니다."

"가축이라기보다 애완동물에 가까운 것도 있네요."

"일본에서는 애완동물이지만, 다른 나라에서는 잡아먹기도 합니다. 육식 동물은 사료 비용이 너무 많이 들어서 식용에 적합하지 않지만, 귀여워하던 애완동물이 병이 들거나 늙어서 죽어 갈 때 안락사하는 대신 데려온 사람도 있다고 합니다."

"자신의 애완동물을 먹는 건가요?"

"저 역시 그런 생각은 이해할 수 없습니다만, 애완동물을 먹는 것으로 일체감을 느끼나 봐요. 애완동물의 몸이 피와 살이 되어서 계속 같이 지낼 수 있다고 생각하는 걸까요."

"그래도 막상 요리로 만들었다가 후회하는 사람도 있지 않을까요?"

"말씀을 들으니 노부인과 점원이 실랑이했던 게 생각나네요. 자세히 들은 건 아니지만, 그 부인이 가게에 클레임을 하는 것 같았습니다."

"어떻게 된 일이었나요?"

"개 전골은 주문한 적이 없다는 것과 데려온 강아지가 없어졌다는 얘기를 하더군요."

"뭐가 어떻게 된 거죠?"

"트집이 아닐까 합니다. 제가 그분이 가게에 들어온 후 계속 봤는데, 가게 측의 잘못은 아닌 것 같았습니다. 노부인이 강아지를 안고 가게 안으로 들어온 후, 의자에 앉기 전에 두리번거리며 주위를 돌아보더니 카트를 발견하고는 그 위에 강아지를 올려놓았거든요. 그리고 잡지를 읽고 있었습니다. 잠시 후, 점원이 와서 그 카트를 가져갔고요."

"노부인이 착각하고 강아지를 카트에 올려놓은 게 아닐까요?"

"설마, 그럴 리가요. 식재료라고 별도 표기는 없었지만, 다른 손님들을 보면 그것이 식재료용 카트라는 걸 모를 리가 없거든요."

"그런 방식에 다른 문제는 없었나요?"

"개점 초기에는 그것이 식재료인지 일일이 확인했었는데, 새끼 고양이를 올려놓은 젊은 손님들이 있어서 '진짜로 고양이를 드실 건가요?'라고 물었다가 손님이 크게 화를 낸 적이 있었다고 하더군요. 그때 이후로 일일이 묻지 않고 조리를 하게 되었다고 합니다. 만에 하나 실수로 올려놔도 올려놓은 사람의 과실이니 어쩔 수 없다는 거죠."

"그래서, 그 노부인은 어떻게 되었나요?"

"점장을 부르라며 크게 화를 냈지만, 개 전골을 한입 먹더니 완전히 빠져서 점장이 왔을 땐 아주 기분이 좋아져 있었어요. '제 잘못도 있지만 앞으로 조심해 주세요.'라고 했던가."

"그렇군요. 정말 맛있었나 보군요."

"그랬나 봅니다. 아무튼, 저희는 식재료에 관한 걸 제대로 확인 못 한 걸 후회했습니다. 메인 요리 외에도 샐러드나 디저트로 나왔던 것들도 전부 맛있어 보였거든요."

◀◀

"어떻게 하지? 나갈까?"

오카네는 아내에게 물었다.

"이미 자리에 앉아 버렸으니 이제 와서 그냥 가는 것도 실례가 아닐까? 여기 설명서에 따르면 식재료가 없어도 셰프에게 맡기는 요리가 가능하다는데."

"어쩐다."

오카네는 망설였다. 시스템을 이해하지 못하고 들어온 것이 가게나 다른 손님들에게 실례이기도 했고, 괜스레 죄스러운 기분이 들었다. 그런데 딸이 여기가 완전히 마음에 들었는지, 이곳저곳 신나게 돌아다니며 살아 있는 식재료를 쓰다듬거나 쿡쿡 찔렀다. 저렇게 즐거워하는데 나가자고 하면 크게 실망할 것 같아서 오카네는 결심했다.

"그럼, 셰프에게 맡겨 볼까?"

오카네는 주문을 받으러 온 점원에게 말했다.

"셰프에게 맡기는 요리로 주세요."

"잘 알겠습니다. 고기는 어떻게 할까요?"

점원이 정중히 물었다.

"저는 레어로 해 주세요."

오카네가 말하자 그의 아내는 "그럼, 저는 미디엄으로 부탁드립니다."라고 했다.

"음료는 어떻게 하시겠어요?"

"저희 둘은 하우스 와인으로 하고, 아이는…… 어? 치사토, 어디 갔어?"

"화장실에 간 거 아닐까? 조금 전까지 카트 타며 놀고 있었는데."

"그래? 그럼 아이가 마실 건 나중에 주문할게요."

"아……, 알겠습니다."

점원은 곤란한 표정을 지으며 주방으로 사라졌다.

"점원 태도가 왜 저래?"

"뭔가 당황한 것 같지 않아?"

"매뉴얼에 없는 건 대응 못 하는 타입인가 봐. 음료 주문은 모든 사람 걸 동시에 받아야 하는데 한 사람만 나중에 주문한다니 당황했겠지. 손님 대응하는 일에 별로 맞지 않는 사람 같다."

결국, 음료가 나왔을 때까지도 치사토는 돌아오지 않았다.

"화장실은 어디에 있는 거야."

"가게 밖에 공용 화장실이 있는 거 같아."

"길을 못 찾고 건물 밖으로 나간 건 아니겠지?"

"괜찮을 거야. 밖으로 나갔다면 내가 봤겠지."

이윽고 전채(前菜)가 나왔다. 갈색 감자칩 같은 것이었다. 점원이 자세히 설명해 줬지만, 가게 안이 소란스러운 데다, 딸이 걱정되어 거의 귀에 들어오지 않았다. 뭔가의 껍데기에 간을 하고 바삭하게 구운 거라고 했는데, 처음 먹어 보는 이상한 맛이었다. 식감이 절묘했는데, 적당한 탄력감이 있고 아작아작 씹는 맛이 좋아서 갑자기 식욕이 증가했다.

이어서 샐러드, 수프, 빵 등이 계속 나왔다. 일단, 정통 프랑스 요리 코스를 따라 하고 있었다. 그것들도 맛은 좋았지만, 전채처럼 새로운 맛은 아니었고 예상 범위의 것이었다. 그러던 중 오카네는 다시 딸이 걱정되기 시작했다. 화장실에 간 것 치고는 너무 오래 걸린다는 생각이 들었다.

"화장실에 한번 갔다 와 볼래?"

오카네가 아내에게 말했다.

"알았어. 무슨 일 있나? 왜 이렇게 안 오지?"

그녀는 걱정스러운 표정이었다. 바로 그때, 메인 요리가 나왔다. 생선 요리가 나온다고 했는데 얇게 저민 생살 같은 것이 나왔다. 가슴살을 얇게 슬라이스한 거란 설명을 했다.

오카네는 그 고기를 한 조각 입에 넣었다. 신기한 맛이었다. 고귀함을 느낄 수 있는 풍미가 일순 입 안에, 아니 얼굴 전체에 퍼졌다.

"무슨 이런 맛이 다 있지?"

오카네는 자기도 모르게 목소리가 커졌다.

"갑자기 왜 그래?"

놀란 아내가 물었다.

"일단 먹어 봐."

아내는 반신반의하는 표정으로 한 조각을 먹었다.

"어머, 이거……."

"맛있지?"

"응, 맛있어. 그런데……."

"그런데 뭐?"

"맛이……."

"맛이 뭐?"

"이런 맛 처음이네."

"그렇지? 분명 처음 느끼는 맛인데, 왠지 이미 알고 있었던 것 같은 기분이 들어."

"먹어 본 적이 없는데, 이미 알고 있는 거 같다고?"

"응."

"그거 모순 아니야?"

"그러게. 하지만 느낌이 그래."

"너무 맛있어서 뇌가 혼란스러워하는 거 아닐까?"

"그럴지도 모르지. 그런데 이상하게 뭔가 마음속 깊은 곳에서 외치는 거 같아. 이걸 먹으면 안 된다고."

"이렇게 맛있는 걸?"

"맛있는 데는 이유가 있을 거야."

"그 이유가 뭔데?"

"잘 모르겠어. 하지만 좋지 않은 느낌이야."

"그렇게 말하면서 손과 입이 멈추지 않는 거 같은데?"

"맞아. 왠지 분하지만, 이 요리, 정말 맛있어."

그리고 소르베(Sorbet, 아이스 디저트의 하나로 지방과 달걀 노른자를 함유하지 않는다는 점에서 일반 아이스크림과 구분되며, 아이스크림보다 덜 단단하고 입자도 거칠다.)가 나왔다. 입에 넣었더니 살짝 달면서 독특한 감칠맛이 입 안에 퍼졌다.

먹는 데 정신이 팔린 가운데, 점원이 뇌를 얼린 것이라고 설명했다. 식감이 희한하고 입 안에서 물컹물컹했지만, 녹아서 액체가 되지 않고 혀 위를 맴돌며 매혹적인 리듬으로 중추에 자극을 주었다.

오카네도 그의 아내도 아무런 말 없이 계속 먹더니 10초도 안 돼서 식사를 끝냈다. 그들은 좀 천천히 먹을걸, 하고 후회했다. 좀 더 달라고 부탁할까, 하고 진지하게 고민했다.

소르베만 더 주문하고 싶었지만, 그 가게는 메뉴가 있는 게 아니고 셰프에게 맡기는 방식이라 따로 주문할 방법이 없었다. 재료를 준비하는 과정도 들었지만, 먹는 데 정신이 팔려서 제대로 듣지 못했다.

이윽고 메인 고기 요리가 나왔다. 뭔가의 통구이였는데, 머리와 손발이 없는 상태였다. 길이는 30cm 정도 되었다. 옆구리 근처에 큰 칼집이 있어서 그곳을 벌렸더니 야채와 과일이 가득 들어 있었다. 형언할 수 없는 달콤한 향이 감돌면서 한순간에 오카네의 입 안은 침으로 가득 찼다. 향만으로도 온몸의 힘이 빠져나가는 듯했다.

나이프를 가져다 댔더니 마치 아무것도 없었던 것처럼 쑥하고 갈라졌다. 그리고 다음 순간, 진한 육즙이 갈라진 곳에서 흘러나왔다. 그 육즙은 맑은 황금색이었다. 그리고 향은 매콤한 맛과 고기 본연의 향이 혼합되어 어떤 향신료에도 뒤지지 않았다.

왠지 먹기가 아까웠지만, 어느새 고기 한 점을 입에 물고 있었다. 그것은 이미 미각이 아니었다. 모든 오감이 동시에 흥분하면서 쾌락이 온몸을 뚫고 지나가는 것 같았다. 뇌의 중심을 마구 자극하면서 세상이 장밋빛 안개에 싸여 있는 듯했다. 오카네 부부는 동시에 미소를 지으며 고기를 계속 탐닉했다.

아아, 행복하다.

눈앞에서 행복한 표정을 짓고 있는 아내를 보며 그는 생각했다.

아내도 행복해 보이니 좋다. 우리 가족이 행복해서 좋다. 물론 치사토도 행복……. 맞다, 치사토.

그의 머릿속의 안개가 걷혔다. 오카네는 헤헤 웃고 있는 아내에게 물었다.

"치사토는?"

"어?"

아내 눈의 초점이 여전히 맞지 않았다.

"치사토는 왜 아직 안 와?"

"치사토……."

아내 눈의 초점이 천천히 맞았다.

"맞다, 치사토."

"아직까지 화장실에 있는 걸까?"

"내가 가 볼게."

아내는 점원에게 화장실의 위치를 묻자마자 바로 가게 밖으로 나갔다.

아내가 없는 사이에 다른 점원이 와서 종이쪽지를 두고 갔다. 계산서인가? 그럼 이것으로 코스가 끝난 거야? 오카네가 점원을 부르려는데 아내가 돌아왔다.

"여보, 큰일 났어. 화장실에도 없어."

"뭐라고!"

혹시 가게 건물 밖으로 나간 건가, 하는 생각에 오카네는 현관을 향해 달렸다.

"손님!"

점원 한 사람이 오카네 앞으로 뛰어왔다.

"계산이라면 제대로 할 겁니다. 지금은 긴급 상황이라고요."

"계산에 관한 얘기가 아닙니다. 비가 너무 많이 와서 빌딩 앞 도로가 함몰되었습니다. 지금은 가게 밖으로 나가실 수 없습니다."

"뭐라고요!"

오카네는 자리로 돌아가서 창문을 통해 건물 밖 상황을 확인했다. 건물 앞 도로가 수 미터에 걸쳐 함몰되어 있었다. 그곳은 자동차는커녕 수레도 통과할 수 없는 상태였다. 사람이 걸어서 나가는 건 겨우 가능할 것 같았다.

"걸어서 가면 어떻게든 될 것 같아. 나는 지금부터 걸어서 이 근방을 찾아보려고 해. 당신은 어떻게 할래?"

오카네가 아내에게 말했다.

"당신이 가면 나도 같이 가야지. 하지만……."

"하지만 뭐?"

"치사토는 이 건물에서 나가지 않았어."

아내는 뭔가 무서운 것을 본 사람처럼 눈을 크게 떴다.

"도로가 함몰된 건 조금 전이잖아."

"그게 아니라……. 여긴 어떤 식재료라도 조리해 주는 곳이잖아. 그게 무엇이든, 손님이 가져온 것이라면……."

아내는 부들부들 몸을 떨기 시작했다.

"그래, 그 설명은 들어왔을 때 들었잖아. 지금은 그런 얘기 할 때가 아니야."

"손님, 지금 나가시는 건 위험합니다."

점원이 와서 말했다.

"이건 긴급 사태라고요."

오카네는 지갑에서 두세 장의 지폐를 꺼내 점원에게 건넸다.

"이거면 충분하겠죠. 거스름돈도 영수증도 필요 없어요."

"잠깐만 기다려 주세요. 바로 계산을 해 드릴 테니……."

점원은 서둘러 계산대로 향했다.

"여보……."

아내가 조금 전까지 앉아 있던 좌석 쪽을 손가락으로 가리켰다. 다른 점원이 그들이 머물렀던 테이블 위에 있던 계산서 같은 종이를 보고 있는 듯했다. 키가 크고 거무스름한 피부의 단단한 체격을 가진 남자였다. 두 사람이 나가려는 것을 알아차린 그는 그 종이를 들고 이쪽으로 다가왔다.

오카네는 일각을 다투는 상황이라 계산서 문제로 옥신각신하는 건 피하고 싶었다. 그때 아내가 여전히 덜덜 떨면서 말했다.

"도망쳐."

"뭐?"

오카네가 물었다.

"여기서 도망치자고. 어서!"

아내의 외침이 가게 안에 울려 퍼졌다. 손님도 점원도 모두 일시에 그들을 주목했다. 가게 안의 움직임이 일순 멈췄다. 계산대의 점원도, 이쪽으로 오던 점원도.

"가자!"

아내는 오카네의 손을 잡아채더니 호우 속으로 뛰쳐나갔다. 거리는 무릎까지 물에 잠길 정도였다.

"손님, 지금은 위험합니다!"

그들을 향해 외치는 점원을 뒤로하고 두 사람은 첨벙첨벙 물속을 걸어갔다. 위험하다는 건 틀린 말이 아니었다. 도로가 완전히 물로 덮여 있는 데다, 해가 져서 물속의 상태를 전혀 알 수 없었다. 그들이 지나가는 물속 어딘가에 측구(側溝, 배수를 위해 길 양쪽 끝에 만들어 놓은 도랑)나 맨홀의 뚜껑이 열려 있을지도 몰랐다. 측구 부분의 수심은 도로보다 더 깊어서 발이 빠질 위험성이 컸다. 잘못하면 익사할 수도 있었다. 또한, 홍수가 나면 맨

홀 뚜껑이 열리는 일이 종종 있어서 그 안에 빠질 위험도 컸다.

몇 걸음 가던 오카네는 다시 레스토랑 건물로 돌아갈까 생각했다.

"역시 무리야. 돌아가서 도움을 청하자, 여보!"

앞장서 걷던 아내는 오카네가 부르는 소리를 듣고 돌아보았다. 그리고 갑자기 비명을 질렀다. 아까 봤던 키 큰 점원이 남편의 뒤에서 철퍽 소리를 내며 있는 힘껏 이쪽으로 오고 있는 것이 아닌가. 빗소리 때문에 잘 들리지 않았지만, 뭐라고 소리를 지르고 있었다.

"안 돼! 이러다 우리까지 죽어."

아내는 잠꼬대하듯 쉰 목소리로 소리쳤다.

"대체 무슨 소리를 하는 거야?"

"도망쳐! 잡히기 전에 어서 도망치자고!"

겁에 질린 아내는 오카네가 모르는 뭔가를 알고 있는 듯했다. (이 얘기를 듣던 탐정은 손으로 입을 가리고 있었지만, 터져 나오는 웃음을 꾹 참고 있다는 걸 알 수 있었다.) 잠시 주저하던 오카네는 아내를 믿기로 했다.

"좋아. 가자. 내 손을 꽉 잡아."

손을 꽉 잡고 있으면 만약 둘 중 하나가 물에 빠져도 다른 한쪽이 잡아 구해 줄 수 있을 것 같았다. 두 사람은 다시 철벅철벅 소리를 내며 앞으로 나갔다. 뒤에서도 물소리가 나서 돌아봤더니 키 큰 검은 실루엣이 이쪽으로 맹렬히 다가오고 있었다. 엄청난 기세로 파도를 가르는 것이 마치 모터보트 같았다.

두 사람도 열심히 물속을 헤쳐 나갔다. 퍼붓는 비에 온몸은 흠뻑 젖어 있었다.

"저 사람 왜 저렇게 미친 듯이 우리를 쫓아오는 거지?"

"우리를 저 가게 단골이라고 착각했었나 봐. 그래서 그런 끔찍한 일이 벌어진 거야."

"끔찍한 일? 갑자기 그게 무슨 소리야?"

"당신도 이미 눈치채지 않았어?"

"무슨 소리를 하는 거야, 눈치채다니."

"당신도 알고 있을 거야. 하지만 너무 충격적이라 자신을 속이고 있는 거지."

아내가 하는 말의 뜻을 오카네는 전혀 짐작할 수 없었다.

쫓아오는 키 큰 남자가 손에 든 종이를 흔들면서 뭐라고 소리쳤다.

"저 남자는 우리가 처음 온 손님이라는 걸 알아차린 거야. 자신들이 엄청난 실수를 했다는 것도 말이야. 그게 바로 저렇게 필사적으로 쫓아오는 이유야. 우리는 잡히면 끝장이야. 입막음을 하려고 들겠지."

"입막음이라니? 돈이라도 준다는 거야? 대체 얼마나? 그렇게 중요한 거라면 꽤 고액일 텐데."

"무슨 소릴 하는 거야. 우릴 죽일지도 모른단 말이야."

아내가 살해당할 것이라 판단한 근거에 대해서는 전혀 알 수 없었지만, 그녀의 말투에서 강한 확신을 느낄 수 있었다. 저 남자한테 붙잡히면 죽어.

오카네는 그때서야 자신들이 현재 극도로 위험한 상황에 빠져 있다는 것을 깨달았다. 두 사람은 빗속을 걷다가 넘어지기도 하며 헤엄치듯이 전진해 나갔다.

"어디 건물에라도 들어가서 잠깐 몸을 피할까?"

"안 돼. 느낌엔 꽤 온 것 같지만, 아직 별로 멀리 오지 않았어. 저 사람과의 거리도 그다지 멀어지지 않았고. 지금 건물 안에 들어가면 궁지에 몰리고 말 거야."

돌아보니 아내의 말대로 키 큰 남자는 아까보다 훨씬 가까운 위치에 있었다.

"어떡하지? 오래 버티지는 못할 거 같은데."

"저 사람의 눈에 띄지 않는 곳까지는 가야 돼."

"그건 무리야."

"걸어서 가면 그렇지."

"수영해서 가는 건 더욱 무리야."

"수영하는 거 말고."

아내는 뭔가를 궁리해 낸 듯 말을 이었다.

"지금 물이 상당히 빠르게 흐르고 있어."

"응, 근처의 강둑이 무너졌거나 넘쳤나 봐."

"그렇다면 일단 달아날 수 있을 거야. 어떻게든 저 교차로까지는 가자."

교차로까지는 10m 정도의 거리였다.

"저 교차로에 뭐가 있어?"

"저기, 물 흐름이 바뀌는 거 보여?"

가로등 불빛이 비친 매끈한 물 표면이 반짝였기 때문에 물 흐름의 방향을 대충 파악할 수 있었다.

"아, 정말 그러네."

"저 흐름을 따라가면 분명 그 사무실이 있을 거야."

"그 사무실?"

아내는 교차로를 향해 앞으로 나갔다. 오카네도 그녀의 손을 잡고 따라갔다. 몇 분 후, 두 사람은 겨우 교차로에 도착했다. 돌아보니 그 덩치 큰 남자도 몇 미터 앞까지 다가와 있었다. 아내가 오카네에게 외쳤다.

"숨을 들이마셔!"

"뭐?"

아내는 오카네의 머리를 잡고 물속에 잠기게 했다. 수면으로 얼굴이 나올 것 같지만, 아내에게 붙잡힌 채 잠수한 상태 그대로 물살에 떠내려갔다. 이윽고, 격류에 휩쓸리면서 정신이 아찔해졌다. 바로 그때 통, 하고 머리에 뭔가가 부딪쳤다. 빌딩의 일부였다. 오카네는 아내와 함께 빌딩 벽을 붙들며 몸을 일으켰다. 습기를 머금은 공기가 단번에 폐로 들어왔다.

"저 남자는 아직 우리가 이곳까지 떠밀려 온 것을 모를 거야. 어서 이 건물 안으로 들어가자."

아내는 몸을 굽혀서 눈앞에 있는 문을 열고 안으로 들어갔다. 동시에 오카네도 그녀를 따라갔다. 물속으로 잠수하여 자신들의 모습을 감춤과 동시에 단숨에 100m 정도 거리를 이동한 것이다.

건물의 1층에는 물이 차 있었지만 지면보다 약간 높은 곳에 있어서 수위는 복사뼈 정도밖에 되지 않았다. 건물 안에는 다양한 업체의 사무실이나 영업소의 문이 늘어서 있었다.

"이제 어떻게 하지?"

오카네가 아내에게 물었다. 갑자기 아내가 손가락을 목구멍 깊숙이 집어넣었다.

"뭐 하는 거야?"

아내는 아까 먹은 것을 물 위에 토했다.

"도대체 뭐 하는 짓이야?"

"당신은 뱉어 내지 않아도 괜찮겠어?"

"왜? 음식에 독이라도 들어 있대?"

"그런 얘기 아니야. 독 같은 건 없어. 하지만 도저히 견딜 수 없었어."

아내는 그렇게 말하더니 휘청거렸다. (탐정은 이 부분을 듣고 결국 소리 내어 웃고 말았다. 하지만 기침 소리로 속여서 오카네가 알아차리지 못했다.)

"여보, 괜찮아?"

"전혀 괜찮지 않아. 여보, 내 말 잘 들어. 이 건물 안에는 고명한 탐정 사무소가 있어."

아내는 표지판을 손가락으로 가리켰다. 바로 이 사무실의 것이었다.

"이 탐정 사무소에 부탁해 보자."

"알았어. 치사토를 찾아 달라고 부탁하면 되는 거지?"

오카네의 말에 아내가 버럭 화를 냈다.

"치사토를 찾다니? 당신 무슨 소릴 하는 거야? 우리가 뭘 먹었다고 생각해?"

"아내는 그렇게 말하더니 갑자기 힘이 빠진 듯 고개를 숙이더군요. 저는 아내의 상태가 걱정되었지만, 일단 탐정 선생님을 만나는 게 우선이라는 생각에 문을 두드렸습니다."

"아주 흥미롭군요."

탐정이 눈을 반짝였다.

"사모님은 참 대단하세요. 엄청난 추리력으로 진상의 바로 가까이까지 가셨네요."

"바로 가까이요?"

"네, 유감스럽게도 진상에는 도달하지 못하셨지만요."

"그럼 선생님께서는 이미 진상을 밝혀내셨다는 말씀인가요?"

"네. 물론, 전부를 알게 된 건 아닙니다. 일부는 상상으로 보충했습니다. 하지만 별로 중요하지 않은 부분이라 괜찮습니다."

"선생님은 현장 조사도 하지 않으셨잖아요. 제가 말씀드린 게 전부일 텐데."

"추리의 재료는 두 가지입니다. 하나는 오카네 씨가 직접 보고 들으신 것입니다. 그 부분에는 상당히 중요한 포인트가 담겨 있습니다."

"제가 결정적인 것을 본 건 없는데요?"

"아닙니다. 오카네 씨는 아주 중요한 것을 보셨습니다. 그것을 알아차리지 못했을 뿐입니다."

"그런 건가요? 그럼 또 하나는요?"

"사모님께서 보신 것입니다."

"아내는 지금 정신을 잃은 상태입니다."

"직접 물어볼 필요는 없습니다. 사모님의 말과 행동은 오카네 씨로부터 들었으니까요. 간접적으로 들은 것입니다."

"아내한테 들은 건 이상한 말뿐인데, 어떻게 사건의 진상을 알 수 있죠?"

"오카네 씨가 보고 들으신 것과 사모님의 말과 행동을 조합하면 됩니다. 그러면 사건의 전모가 명확해집니다."

"저는 무슨 말씀이신지 잘……."

"한 가지 여쭤봐도 될까요?"

"네."

"오카네 씨는 자산가시죠?"

"저는 큰 자산을 가지고 있지 않습니다. 다만, 부모님은 자산가라고 할 수 있죠."

"만약 오카네 씨가 급하게 돈이 필요하시다면 어느 정도는 조달될 수 있겠죠?"

"그럴 수 있을 거 같긴 합니다만."

"오카네 씨는 따님이 어떻게 되었다고 생각하십니까?"

"건물 밖으로 나갔겠죠."

"아닙니다. 따님은 건물 밖으로 나가지 않았습니다."

"무슨 근거로 그렇게 말씀하실 수 있죠?"

"사모님의 증언입니다. '그 애는 건물에서 나가지 않았어.'라고 하셨잖아요."

"분명히 그랬죠. 하지만 그것이 딸아이가 건물에서 나가지 않았다는 증거는 될 수 없잖아요."

"아닙니다. 그건 훌륭한 증거입니다."

"아내의 직감을 근거로 추리하신 건가요?"

"직감이 아닙니다. 관찰의 결과입니다."

"죄송하지만, 선생님의 말씀이 전혀 이해되지 않습니다."

"알겠습니다. 그럼 순서대로 설명을 해 드리겠습니다."

*

"그 레스토랑에는 먼저 사모님이 도착하셨고, 오카네 씨와 따님은 나중에 도착하셨죠? 틀림없죠?"

"네."

"그때, 그러니까 오카네 씨와 따님이 건물에 들어가기 전에 사모님이 두 분에게 손을 흔드셨다고 했죠?"

"네."

"사모님은 어째서 두 분을 알아보신 거죠?"

"그야 물론 창문을 통해서 저희를 본 거죠. 아내의 자리에서는 건물의 입구가 보이니까요."

"그렇습니다. 바로 그게 중요한 포인트입니다. 그리고 또 하나의 중요한 포인트는 오카네 씨가 업자에게 들은 내용입니다. 그 건물에는 출입구가 하나밖에 없다는 것이죠."

"아, 그래서……."

"사모님은 하나밖에 없는 입구를 계속 보고 있는 상태였습니다. 게다가 따님을 걱정하고 계셨다면 따님이 입구를 통해 나가

는 걸 못 보셨을 리가 없습니다. 물론 창문이나 옥상을 통해서
나가는 것도 가능합니다. 하지만 그런 짓을 하면 더욱 사람들 눈
에 띄겠죠. 특히, 오늘 같은 날씨에는 그런 위험한 짓을 할 사람
은 없을 겁니다."

"하지만 저희는 그 건물을 나와 이곳에 왔습니다. 그 사이에 딸
아이가 건물에서 나왔을 가능성은 없을까요?"

"일곱 살 소녀가 이 물난리 속에서 건물 밖으로 혼자 나온다고요?"

"누군가 끌고 나갔다면요?"

"말씀에 따르면, 오카네 씨는 소란을 일으키며 나오셨습니다.
따라서 의심받지 않고 소녀를 데리고 건물을 나오려면 어딘가에
숨겨서 데리고 나와야 합니다. 이런 폭풍우 속이라 승용차도 사
용할 수 없는 상황이고요. 건물 앞 도로가 함몰되었다고 하셨는
데, 그런 건 생각도 할 수 없겠죠."

"그렇다면 치사토는 아직 그 건물 안에 있다는 건가요?"

"네, 그렇습니다."

"그럼, 치사토는 어떻게 된 거죠?"

"따님은 유괴당했습니다."

"유괴요? 어째서 그런 일이……."

"오카네 씨 부모님이 자산가라고 하셨죠. 이유는 그것으로 충분
합니다. 이 세상에는 돈 때문에 양심을 버린 사람들이 많습니다."

"하지만 그것만으로 유괴라고 단정할 순 없잖아요."

"맞습니다. 유괴라고 단정 짓기에는 증거가 부족합니다. 그러나 오카네 씨의 말씀 중에 힌트가 있었습니다."

"힌트요?"

"두 분을 쫓아온 남자가 있었다고 하셨죠?"

"네, 키가 큰 남자였습니다. 말씀드린 대로 보기 좋게 따돌리고 여기로 왔습니다."

"그 사람으로부터 도망치지 말았어야 했습니다."

"뭐라고요?"

"그들이 두 분을 쫓아온 데는 이유가 있을 겁니다. 그 이유를 알게 되면 자연스럽게 사실 관계가 명확해질 것입니다."

"하지만 아내는 목숨의 위험을 느꼈습니다."

"그런 사모님의 예감에는 뭔가 근거가 있었나요?"

바로 그때, 초인종이 울렸다. 이번 손님은 초인종의 위치를 찾아낼 정도의 여유는 있었나 보다. 탐정은 현관 카메라에 비친 방문자의 모습을 확인했다. 키가 큰 남자가 흠뻑 젖은 채 거친 숨을 몰아쉬고 있었다. 그 모습을 본 오카네는 숨이 멎는 듯했다.

"이 남자입니다. 이 남자가 범인입니다."

"이 남자가 범인일 가능성은 극히 낮다고 생각합니다."

"그건 어째서죠?"

"만약 이 남자가 범인이라면 일부러 탐정 사무소까지 올까요? 이 건물에는 현관 카메라 외에도 이곳저곳에 방범 카메라가 설치되어 있습니다. 이 남자가 진짜 범인이라면 굉장한 바보겠죠."

탐정이 이번엔 나를 보며 말했다.

"저 사람을 들어오게 해 주게. 오카네 씨에게 전할 물건이 있을 거야."

안으로 들어온 남자는 물에 빠진 사람의 모습이었다. 그가 "하아. 하아." 하며 몰아쉬던 숨을 진정시키고 나서 말했다.

"실내까지 젖게 해서 죄송합니다."

남자는 보기보다 예의 바른 말투였다.

"아, 이미 젖어 있어서 괜찮습니다. 그것보다, 그 종이는 가지고 있으시죠?"

탐정이 말했다.

"그 종이라뇨?"

오카네가 물었다.

"이 남자분은 그 종이를 가지고 오카네 씨를 쫓아온 겁니다."

"그건 그냥 계산서예요."

"계산서요? 그렇지 않습니다."

키 큰 남자는 자신의 안주머니에 손을 집어넣었다.

"히익! 역시 죽일 생각이었어!"

오카네는 놀라며 소파 뒤로 몸을 피했다.

"죽여요? 무슨 말씀이세요?"

남자는 떨고 있는 오카네를 보고 어리둥절한 표정을 지었다.

"그렇게 겁내실 필요 없습니다. 단순한 오해입니다."

탐정이 말했다.

"그럼 이제 된 거죠?"

남자는 안주머니에서 종이를 꺼냈다.

"두 분이 계셨던 자리에 이런 것이 있어서 빨리 전해 드려야겠다고 생각했습니다."

탐정은 남자로부터 받은 종이를 탁자 위에 펼쳤다. 물에 젖어 있었지만, 글씨가 번진 것이 그다지 심하지 않아서 읽는 데는 별 문제가 없었다.

딸을 데리고 있다.

딸의 목숨이 중요하다면 한 시간 안에 스위스 은행 계좌로 백만 달러를 입금해.

계좌번호는 F5R6I5D1A3XY.

경찰에 연락하지 마. 연락한 시점에서 교섭은 결렬된 것으로 간주할 것이다.

"이게 무슨 소린가요?"

"몸값을 요구하는 협박장입니다."

"뭐, 뭐라고요!"

오카네는 거품을 물고 쓰러질 지경이었다.

"침착하세요. 아무튼, 이것으로 유괴 사건이라는 증거는 갖추게 되었습니다."

"하지만 유괴 사건이라는 것을 알았다고 해도 여전히 치사토의 행방은 모르잖아요."

"따님이 있을 곳에 관해서는 이미 감을 잡았습니다."

"정말이세요? 그걸 어떻게⋯⋯."

"논리적으로 생각하면 딱 한 곳밖에 없죠."

"그게 대체 어딘가요?"

"그 역시 순서대로 설명해 드리겠습니다. 우선, 따님이 있는 곳의 범위인데요. 그 건물 안으로 한정해도 문제는 없겠죠. 이유는 조금 전에 설명해 드렸습니다. 기억하시죠?"

"아, 네. 기억합니다."

"그럼, 그 건물에 가두어 둔다면 어디가 될까요?"

"글쎄요, 그 건물에는 레스토랑 외에도 임대된 곳이 몇 군데 있으니 그중에 하나겠죠."

"다른 곳으로 이동하려면 건물 안 계단이나 복도를 이용해야 합니다. 오카네 씨가 나올 때 소란이 있었다고 하셨죠. 따님이 소리쳤다면 사람들이 쳐다봤을 겁니다."

"로프로 묶은 다음 재갈을 물리면 어떨까요?"

"가게 안에서요?"

"그렇게 못 하나요?"

"그런 것이 가능한 장소가 있다면, 일부러 가게에서 나와 이동할 필요는 없겠죠."

"하지만 가게 안에 과연 그런 장소가 있을까요?"

"조건은 두 가지입니다. '아무나 마음대로 못 들어가는 곳'과 '소리가 밖으로 새지 않는 곳'."

"아!"

오카네와 덩치 큰 남자가 동시에 소리를 질렀다.

"이제 아시겠습니까?"

"방음 장치가 있는 육류 처리실이겠네요."

오카네가 말했다.

"당신은 그 안에서 무슨 일이 벌어졌는지 모르셨나요?"

탐정이 남자에게 물었다.

"저는 아르바이트 직원이라 조리실에도 육류 처리실에도 갈 일이 없습니다. 제 일은 계산서를 전해 드리는 정도라."

"범인은 레스토랑에 한정된 스태프만으로 일을 진행한 것 같습니다. 오카네 씨 댁에 우대권을 배달한 것도 계획의 일부였겠죠."

"치사토는 어떻게 될까요?"

"당황하실 필요 없습니다. 경찰에 전화 한 통만 하면 됩니다. 그 건물을 포위하고 입구를 봉쇄한 상태에서 육류 처리실을 수사하면 되니까요. 따님은 금방 구출될 겁니다."

탐정은 바로 경찰에 전화했다. 나는 오카네에게 말했다.

"이제 안심하셔도 됩니다. 선생님이 해결되었다고 하시면 진짜 해결되었다고 생각하시면 되니까요."

"아아, 정말 놀랐네요. 그런 큰일이 발생했을 줄이야. 안심이 되니까 왠지 배가 고프네요. 여기서 뭐 좀 먹어도 될까요?"

덩치 큰 남자가 소파에 주저앉으며 말했다.

"괜찮습니다만, 편의점까지는 50m 정도 물을 헤쳐 가야 합니다."

"그럴 필요 없습니다. 아까 가게에서 나올 때 먹을 걸 좀 가져왔거든요."

키 큰 남자는 주머니에서 비닐봉투를 꺼냈다. 비닐봉투 안에는 핫도그가 들어 있었다. 완전히 찌그러져서 케첩 범벅이 되어 있었다. 키 큰 남자는 입맛을 다시더니 핫도그를 게걸스럽게 먹었다.

때마침 응접실의 문이 열렸다. 오카네 씨 부인이 멍한 표정으로 우리 쪽을 보고 있었다. 그 시선이 입 주변에 케첩이 묻어 있는 키 큰 남자의 얼굴에서 멈추었다.

"시, 식인 거인이다!"

오카네 씨 부인은 거품을 물며 다시 기절했다.

생명의 가벼움

"사람의 목숨에는 확실히 경중이 있는 거 같아."

탐정이 말했다.

"그런 물의를 일으킬 만한 말씀을 하시는 이유가 뭔가요? 저한테 시비 거시는 건가요?"

나는 그를 노려보며 물었다.

"나는 진심으로 사람의 목숨에는 경중이 있다고 믿어. 아아, 자네에게 시비를 거는 것도 맞고."

"제게 시비를 거시다니 어지간히 한가하신가 보군요."

"만약 그것이 사실이라면 그렇지. 아직 사실이라고 확정하지 않았지만."

탐정의 저 알 수 없는 말장난에 넘어가면 안 된다. 더 깊게 빠져들기 전에 나는 딱 잘라 말했다.

"사람의 목숨은 모두 평등합니다."

"갓 태어난 아기의 목숨도? 그리고 100세 노인의 목숨도?"

"그럼요, 평등합니다."

"평생을 난민 구제에 바친 사람의 목숨도? 수백 명을 죽인 살인마의 목숨도?"

"네, 평등합니다."

"사형수의 목숨도?"

"당연히 평등합니다. 사형은 법률에 따라 집행되는 것일 뿐, 생명을 가볍게 여기기 때문이 아닙니다. 생명을 존중하면서 형이 집행되는 겁니다. 만약 목숨을 가볍게 여긴다면 사형은 속죄가 될 수 없잖아요."

"그럴듯한 얘기군. 하지만 자네는 잘못 알고 있어. 생명에는 경중이 있는 법이야."

"어떤 경우에도 그렇지 않습니다."

"그럼 예를 들어 얘기해 보자고."

자신의 뜻대로 돼 가고 있다는 듯, 탐정은 흐뭇한 표정을 지었다.

"자네, 부모님은 건강하신가?"

"네, 두 분 다 무탈하십니다."

"그럼, 자네와 부모님이 같이 배에 탔다고 가정해 보자고. 그

배가 항해 도중 폭풍우를 만나 뒤집혔네."

"그거, 옛날부터 있던 심리 게임이죠?"

"일단 내 얘기를 끝까지 들어 봐. 정신 차려 보니 자네는 구명 보트 위에 있네. 타고 있는 건 자네 혼자뿐이고 딱 한 사람만 더 탈 수 있는 상황이지. 문득 바다를 보니……."

"부모님 중 한 사람밖에 살릴 수 없다는 강제적 상황 설정이라, 둘 중 하나는 포기해야 하는 거잖아요. 하지만 저는 그런 결정은 못 합니다. 저는 바다에 빠지고 부모님 둘 다 배에 태울 수 있다면 그걸 선택할 겁니다. 안 된다면 동전이라도 던져서 정하는 수밖에 없죠. 만약 진짜로 그런 상황에 처한다면, 결국 어느 쪽도 구하지 못하고 망설이다가 기회를 놓칠지도 모르겠네요."

"내가 부모님 중 한 사람을 고르라고 했나?"

"아뇨, 하지만 이제 하실 거잖아요?"

"아니, 그런 얘기 아냐."

"지금 제 얘기를 듣고 생각을 바꾸신 거 아니고요?"

"처음부터 그런 건 생각하지도 않았어."

"그럼, 도대체 어떤 질문을 하실 생각이셨죠?"

"눈앞에 두 사람이 있다고 하자고. 한 사람은 부모님 중 한 사람이야."

"한 사람이라면 어느 쪽인가요?"

"어느 쪽인지는 모른다고 하자고."

"아버지인지 어머니인지 모르는데 부모님인지는 어떻게 알죠? 그런 상황은 있을 수 없습니다."

"그럼 이렇게 생각해 보자고. 자네 부모님은 사이가 좋아서 커플룩을 입고 있었고, 얼굴은 어두워서 제대로 알아볼 수 없었지만, 옷의 무늬는 보였다고."

"남자인지 여자인지 알 수 없는 상태에서 물에 빠진 사람의 옷무늬를 알 수 있나요?"

"눈에 띄는 형광색 무늬라고 하지 뭐."

"제 부모님이 형광색 옷을 입는 건 있을 수 없습니다."

"알았네. 그럼 그냥 아버님이었다고 하자고. 그 한 사람은 자네 아버님이고, 또 한 사람은 전혀 모르는 사람이야. 자, 자네는 두 사람을 평등하게 대할 수 있겠나?"

"저의 행동과 목숨의 경중은 관계없습니다. 만약 보트 위에 있는 사람이 제가 아니고 아버지가 아닌 쪽 사람의 가족이라면 그 사람을 구출했겠죠."

"그것으로 두 사람의 목숨이 평등하다고 하는 건가?"

"물론입니다."

"'목숨의 무게'라는 건 말이야, 물리적인 중량이 아니라 목숨의 가치를 비유적으로 말하는 것이야."

"제가 그런 의미를 모르겠습니까?"

"물리적인 무게라면 객관적으로 비교할 수 있어. 하지만 객관적인 가치라는 것도 있는 걸까? 예를 들어서 보통 사람이 보면 단순하게 더러운 장난감인데, 장난감 마니아에게는 자동차나 집 이상의 가치가 있는 보물로 여겨지는 경우도 있잖아."

"시장에 내놓으면 대체로 그만한 가격이 붙잖아요?"

"그 역시 실질적인 가격이 있는 게 아니야. 분위기 속에서 결정되는 것뿐이라고. 만약, 이 세상에서 장난감 마니아가 사라진다면 그 장난감의 가치는 쓰레기와 다를 게 없지. 즉, 가치는 그 안에 내재되어 있는 것이 아니라, 판단하는 인간에게 있는 거란 말이야."

"목숨의 가치도요?"

"그래. 객관적인 목숨의 가치 같은 건 없어. 그건 가치를 판단하는 인간 속에 있는 거야. 또한, 누가 판단해도 모든 인간의 가치를 동등하게 평가하는 사람은 없다고 생각해. 그런 사람은 그냥 가치 판단의 능력이 없다고 봐야지. 판단 능력이 있다면 그 가치가 항상 같을 수 없어. 고로 사람의 목숨에는 경중이 있는 거야."

"그건 궤변 아닌가요?"

"궤변이라니, 나는 진실을 말한 것뿐이야."

"말씀대로 사람에 따라 우선순위가 있을지는 모르겠습니다만, 모든 생명은 동등하게 소중합니다. 그것만은 틀림없습니다."

"꼭 그렇지만도 않아. 사람의 목숨이 개나 고양이의 목숨보다

가벼울 경우도 있다니까."

"또 그런 말도 안 되는 소리를……."

"이건 진실이야."

"아무리 그래도 물에 빠진 사람을 두고 개나 고양이를 구하는 사람은 없잖아요."

"갑작스러운 일이 발생하면 사람이 무슨 짓을 할지 예상 못해. 물론 극단적인 경우만을 얘기하는 게 아니야. 좀 더 일상적인 레벨에서 매일같이 경험하고 있어."

"일상생활 중에 인간과 개나 고양이의 생명을 저울질해야 할 상황이 생길 일은 없지 않나요?"

"정말 그럴까? 자네는 개발 도상국 사람들을 지원하는 운동을 알고 있나? 약간의 금액만 기부해도 아이들에게 예방 접종을 할 수 있다든가, 학교 교육을 받게 할 수 있다든가 하는 거 말이야. 물론 예방 접종은 목숨을 구하는 일이고, 교육 수준이 높아지면 빈곤이 해결될 테고, 전쟁에 휘말릴 가능성도 줄어들 수 있지. 즉, 개발 도상국 아이들의 생명을 구하는 운동이라고 할 수 있지."

"그런 운동이 있다는 건 알고 있습니다. 실제로 기부한 적도 있고요. 저뿐 아니라 많은 사람이 하고 있을 겁니다."

"그럼 자네는 어떻게 생각하나. 과연 충분한 액수가 기부된 것일까? 그 돈으로 개발 도상국 어린이들은 모두 예방 접종을 받고

학교에 다니고 있는 걸까?"

"그 정도는 아닌 것 같습니다만, 그렇다고 해서 그들의 목숨을 가볍게 여기는 건 아닐 겁니다. 각자 할 수 있는 선에서 기부하는 거니까요."

"세상에는 애완동물을 위해 아낌없이 돈을 쓰는 사람들이 있지."

"네, 그건 그들의 자유죠."

"그렇지. 누가 아니라고 했나?"

"그렇다면 왜 갑자기 그런 얘기를 하시는 거죠?"

"애완동물에게는 사료를 먹여야겠지?"

"키우려면 그래야겠죠."

"애완동물의 사룟값을 기부하면 더 많은 아이들의 생명을 구할 수 있지 않을까?"

"그건 그렇습니다만……."

"애완동물을 키우는 사람들은 인간의 아이를 구하는 것보다 애완동물의 먹이를 우선시한다고 봐야겠지?"

"애완동물을 키우지 말고, 그 돈을 개발 도상국 어린이에게 기부해야 한다는 말씀인가요?"

"나는 그렇게 말한 적 없네. 애완동물을 키우는 것이 그 사람에게 중요하다면 키우면 되고, 개발 도상국 아이에게 기부를 하는 것이 중요하다면 기부를 하면 돼. 난 어느 쪽도 강요하고 싶지 않아. 그럴 권리도 없고."

"'애완동물의 사룟값을 기부하면 더 많은 아이들의 생명을 구할 수 있다.'고 말씀하셨으면서 강요하지 않는다는 건 모순 아닌가요?"

"전혀 모순이 아니야."

"'애완동물을 키우는 사람들은 인간의 아이를 구하는 것보다 애완동물의 먹이를 우선시한다.'고 하셨잖아요."

"그렇게 말했지."

"그게 비난 아닌가요?"

"왜 그렇게 되지?"

"인간의 목숨이 동물의 목숨보다 소중하다고 생각하시니까요."

"무슨 소리야. 아까부터 사람 목숨이 동물 목숨보다 가벼울 수 있다고 했잖아."

"음…… 역시 선생님의 궤변에 휘둘리는 것 같네요. 사람의 목숨이 무엇보다 소중하다면, 취미나 쾌적함을 포기하고 어려운 사람들을 구제하기 위해 기부해야 한다는 얘기가 됩니다."

"아니야. 취미나 쾌적함 역시 포기하지 않아도 되네. 사람의 목숨이 무엇보다 중요한 건 아니니까."

"반박하기가 무척 힘들게 말씀하시네요."

"어째서 반박하고 싶은 거지? 난 취미를 위해 사는 걸 긍정적으로 생각하고 있네."

"반박하고 싶은 건 그게 아닙니다."

"그럼 뭔데?"

"사람 목숨보다 소중한 것이 있다는 부분입니다."

"사람 목숨이 가장 중요하다고 생각한다면 자네가 당장 전 재산을 기부해도 반대할 생각은 없네."

"그러니까 그런 식의 말투에 화가 난다는 겁니다."

"난 틀린 말을 하지 않았다고 생각하는데."

탐정의 말은 분명 잘못된 부분이 있는데, 어디서부터 어떻게 반박해야 할지 감이 잡히지 않았다. 탐정의 심심풀이 논쟁에 일일이 대응하는 나 자신도 문제가 있다는 것도 안다. 하지만 그의 억지스러운 말에 반박하지 않을 수 없었다.

바로 그때, 초인종이 울렸다. 탐정은 현관 카메라의 스위치를 켰다.

"젊은 남자분이군. 재밌는 사건이면 좋겠는데. 미안하지만, 가서 문을 열어 주지 않겠나?"

나는 의뢰인을 사무실 안으로 안내했다.

"제 이름은 다테키요 타로라고 합니다. 아무래도 사기를 당한 것 같습니다."

약간 통통한 남성이 소파에 앉자마자 땀을 닦으며 말했다.

"'당한 거 같다'고 말씀하신 건, 백퍼센트 확신할 수 없다는 의미인가요?"

"엄밀하게 말하면 그렇다고 할 수 있습니다."

"그것참 애매하시겠군요."

"아직 경찰에 신고하지 못한 것도 그런 이유 때문입니다."

"그렇군요. 즉, 저희에게 사기라는 것을 입증해 주길 바라시는 거군요."

"그런 건지 아닌지도 잘 모르겠습니다."

"저희에게 바라시는 것이 정확하게 뭔지 말씀해 주시겠습니까?"

"알겠습니다. 일단, 사기라고 생각해도 괜찮은지 의견을 묻고 싶습니다."

"지금 당장은 판단 자료가 전혀 없지만, 왠지 모르게 흥미로운 사건일 것 같군요."

탐정은 기대에 부푼 표정을 지었다.

"일단 어떤 일이 있었는지 설명 부탁드립니다."

"네, 먼저 이걸 봐 주세요."

다테키요는 팸플릿을 꺼냈다. 팸플릿 표지에는 'NPO 법인 개발 도상국 병원 건설 프로젝트'라는 글씨가 있었다.

"이런 NPO 법인이 실제로 있는 건지 조사해 달라는 말씀이신가요?"

"그건 아닙니다. 이 NPO 법인은 분명히 실재합니다."

"제대로 인가를 받은 곳이라는 말씀이신가요?"

"네, 이 단체의 기본 취지는 일반인들로부터 기부를 받아 그것을 기금으로 개발 도상국에 병원을 짓자는 것입니다."

"외국에 마음대로 병원을 짓는 것이 가능한가요?"

"그건 나라에 따라 다릅니다. 다만, 의료에 배분할 예산이 없는 나라는 사상적인 이유 등으로 외국을 배척하는 곳이 아닌 한, 병원을 짓는 일은 대부분 환영하고 있는 듯합니다."

"설립 취지만 보면 훌륭한 단체 같군요."

탐정이 팸플릿을 보며 말했다.

"그러나 수입이 기부를 기반으로 하고 있다면 돈의 흐름을 명확하게 보여 줘야겠네요."

"그 점에 대해서는 제가 대표 사무실에 가서 확인했습니다."

"혼자서 사무실을 찾아가신 건가요?"

"네."

"무척 용기가 있으시군요."

"그런가요? 소중한 돈의 사용처를 확인하기 위해서라 그다지 어려운 일은 아니었습니다. 제 월급 석 달 치를 기부했거든요."

"저금이나 투자라면 이자나 배당 등의 이익을 기대하겠지만, 아무래도 기부라 이익은커녕 돌아오지 않는 돈입니다. 뭐가 그렇게 신경 쓰이시는 건가요?"

"돈이 돌아오고 안 오고는 상관없습니다. 저금이나 투자는 이자나 배당을 기대하는 것이니 이익이 발생하지 않으면 불평하는 것이 당연합니다. 기부의 경우 역시 그냥 돈을 내다 버리는 건

206

아니라, 의도대로 활용되는 것을 기대합니다. 기대하던 대로 돈이 쓰이는지를 확인할 권리가 있는 거죠."

"하지만 돈이 되돌아오지 않는 것을 전제로 기부한 것이니 그 용도가 예상과 다르다고 해도 손해가 발생하는 건 아니지 않습니까."

"제 돈이 예상한 것 이외의 용도로 사용되는 것 자체가 저에게는 손실입니다. 극단적인 얘기로, 은행에 저금해도 그것을 인출하지 않으면 기부하는 것과 같은 거잖아요. 하지만 그렇다고 해서 이자가 붙지 않는 건 위법입니다. 그것과 같은 얘기입니다."

"그런 건 법률문제라 제가 깊이 관여할 일은 아닙니다. 괜히 참견해서 죄송합니다. 그래서 사무실에 갔던 결과는 어땠습니까?"

"흔쾌히 장부를 보여 주더군요."

"뭐 그런 성격의 NPO라면 돈 관리를 불투명하게 할 이유는 없을 겁니다. 장부 열람을 요청했는데 거부할 이유가 없을 것 같군요. 그래서 장부의 내용은 어땠나요?"

"제가 돈 관리에 관해서는 잘 모르거든요. 하지만 저의 요청에 문제가 없었는지 싫은 표정 없이 바로 보여 주더군요."

"다테키요 씨가 돈 관리에 어둡다는 것을 알고 적당히 아무거나 보여 줘서 속이려고 했던 건 아닐까요?"

"그 가능성은 저도 생각해 봤습니다. 그래서 복사를 해 달라고 했습니다."

다테키요는 수십 페이지에 달하는 종이 뭉치를 가방에서 꺼냈다. 나는 탐정이 그것을 펄럭펄럭 넘기는 것을 유심히 봤다. 빽빽하게 숫자가 쓰여 있어서 적당히 꾸며진 것 같지는 않았다.

"아는 세무사에게도 보여 주고 제대로 된 것임을 확인했습니다."

"세무사에게까지 보여 주셨어요?"

"네."

"무료로 봐 줬나요?"

"물론 상담료는 지불했습니다."

"기부의 용도가 제대로인지 확인하려고 세무사에게 돈까지 지불하신 건가요?"

"그렇습니다. 그게 뭔가 문제라도 되나요?"

"아닙니다. 실례지만, 인심이 후한 편이신지 안 좋은 편이신지 알기 어려운 분이시네요."

"저는 좀 인색한 편이라고 생각합니다."

"인색하신 분인데 거금을 기부하셨나요?"

"돈은 쓰라고 있는 거잖아요. 개중에는 한 푼도 쓰지 않고 저금통장을 보며 싱글벙글하는 사람도 있겠지만, 대다수의 사람은 돈을 쓰기 위해 벌고 있습니다. 그 용도가 전자제품, 집, 옷, 취미로 하는 피규어 모으기일 수도 있겠죠. 제가 기부한 것도 그런 부류의 것으로 이해해 주세요."

"기부라는 건 다테키요 씨에게 있어서 특별한 의미가 있는 것이며, 단순하게 돈의 소유권을 포기하는 것은 아니란 말씀이시군요."

"바로 그렇습니다. 만약 돈이 제가 예상했던 것이 아닌 곳에 사용된다면 무척 참기 힘들 것 같습니다."

"그걸 확인하려고 NPO 법인의 사무실에 방문해서 장부까지 보신 거군요. 저희에게는 그 이상의 것을 요청하실 건가요?"

"그 이상의 것요?"

"서류상뿐 아니라 봉사 활동의 실태가 있는지를 조사하는 것 등 말입니다."

"아아, 그거라면 이미 제가 어느 정도 했습니다."

"직접요?"

"네, 이걸 봐 주세요."

다테키요는 30대쯤 돼 보이는 여성이 찍힌 사진을 꺼냈다.

"이 여성이 NPO 법인의 대표입니다."

"이렇게 젊은 분이 대표이신가요?"

"네. 하지만 실제로 그녀는 실세가 아니고 배후에서 조종하고 있는 흑막이 따로 있을 것 같아서 뒤를 미행했습니다."

"직접 미행까지 하셨나요?"

"네. 안 되나요?"

"안 되는 건 아니지만, 꽤 위험한 다리를 건너셨군요."

"위험한 다리요?"

"네, 상대가 알아차리고 경찰에 신고했다면 스토커 행위로 간주될 수도 있습니다."

"하지만 탐정들도 미행하잖아요?"

"아, 저희 역시 회색 지대의 경우는 있습니다. 헤쳐 나갈 노하우는 여러 가지 있긴 합니다만."

"예를 들어 어떤 거죠?"

"그건 사업 비밀이니 말씀 못 드립니다."

다테키요는 잠깐 불쾌한 표정을 지었지만 바로 이야기를 계속했다.

"그래서 그녀의 뒤를 밟았습니다. 여러 기업과 명사들의 집을 돌며 열심히 기부를 권유하는 듯했습니다."

"다테키요 씨가 미행하고 있다는 것을 눈치채고 연기를 한 건 아닐까요?"

"반년 이상이나 그런 연기를 한다고 보기는 어렵겠죠."

"반년 동안이나 미행을 하신 건가요?"

"네."

"그럼 그동안 다른 탐정이라도 고용하신 건가요?"

"아뇨, 탐정에게 상담하러 온 건 오늘이 처음입니다."

"그럼 파트너분과 교대로 미행하셨나요?"

"파트너요? 누구를 말씀하시는 건가요?"

"다테키요 씨의 조사에 협력해 준 친구분은 안 계신가요?"

"물론 없습니다. 저는 돈 문제에 친구를 개입시키지 않습니다."

"그렇군요. 그렇다면 일은 어떻게 하시고……."

탐정은 웃음을 꾹 참으며 말했다.

"다른 도리가 없어서 퇴직했습니다."

"그러니까 그게…… 그 여성을 미행하기 위해 회사를 그만두셨다는 건가요?"

"네. 아무래도 반년 동안 출근을 하지 않는 정당한 이유가 있냐고 할 테니까요."

"본인도 정당하지 않다고 생각하셨군요."

"아뇨, 정당하다고 생각합니다. 하지만 그런 큰돈을 기부했다는 것이 알려지면 부끄럽잖아요. 그래서 큰마음 먹고 퇴직하기로 한 겁니다."

"아, 그럴 수도 있겠네요."

탐정은 웃음을 감추기 위해 헛기침을 했다.

"그래서, 뒤에서 조종하는 인물을 찾아내셨나요?"

"그게…… 그런 인물은 존재하지 않는 듯합니다. 그녀는 기부금 권유 활동 이외의 시간에는 대체로 외무성이나 각국의 대사관에 갔습니다. 학교 건설을 위해 상담을 하러요."

"실례지만, 그런 건 어떻게 알아 내셨죠?"

"직접 문의했습니다."

"외무성이나 대사관에?"

"네, 그 NPO와 교섭하는 건 특별히 비밀이라고 할 수도 없다는군요."

"아무래도 그렇겠죠."

"기부 신청을 받은 기업에도 문의를 했지만, 알려 주는 곳과 안 알려 주는 곳이 있었습니다."

"민간 기업은 원래 경영의 모든 것을 공개하지 않는 걸로 압니다. 기부라는 것도 전략적으로 생각하면 일종의 투자 같은 느낌이라 외부에 알리고 싶지 않은 경우도 있겠죠."

"알려 주지 않는 업체도 특별히 기부 요청을 받은 걸 부정하지 않았습니다. 그냥 일반적인 기부 권유였던 것 같습니다."

"제 생각에도 그런 것 같군요."

"하지만 거기서 물러설 수는 없잖아요."

"그럴 수는 없죠."

"조금 전에 제가 기부가 투자와 비슷한 느낌이라고 했죠?"

"네, 분명히 그렇게 말씀하셨습니다."

"그렇다면 당연히 물러설 수 없죠."

"당연한 말씀입니다. 저는 이해합니다."

"저는 그 NPO 대표의 자산 상황을 조사하기로 했습니다. 가지고 있는 부동산에 대해서는 법무국을 통해 알아봤어요. 부모에게서 물려받은 집과 땅이 있더군요. 등기에 기록된 정보로 몇 군데 부동산 중개업자에게 부동산의 가치도 알아봤습니다."

"토지에 가치가 있다고 해도 단순히 소유하고 있는 것만으로는 수입이 생기지 않습니다."

"집이 두 채 있는데, 하나는 세를 놓았습니다. 집세도 얼마인지 파악했습니다. 사치만 하지 않으면 혼자 살기에 충분한 금액이었습니다."

"그렇다면 그 대표분은 다른 일을 안 해도 생활하는 데는 지장이 없겠군요."

"그래서 저는 예금이나 주식 같은 금융 자산까지 알아보려고 했지만 은행에서 거절당했습니다."

"당연하죠. 은행은 타인에게 고객의 예금 정보를 절대 알려 주지 않습니다."

탐정은 곤란한 듯 미소를 지으며 머리를 긁적였다.

"탐정 선생님이라면 이럴 때 어떻게 하십니까? 알아볼 방법이 없을까요?"

"없지는 않습니다."

"어떻게 하면 되나요?"

"그것도 말씀 못 드립니다. 사업 비밀입니다."

"설마 불법적인 방법은 아니겠죠?"

"그것도 말씀 못 드립니다."

"만약 불법일 경우, 의뢰한 사람도 처벌받나요?"

"불법이라는 것을 알면서 의뢰한 경우라면 그럴 수도 있겠죠."

"불법적인 방법을 쓰시나요?"

"그건 말씀드릴 수 없다니까요."

"불법적인 방법을 쓴다는 걸 모르고 의뢰했다면요?"

"아마도 의뢰인에게는 죄가 없을 겁니다. 물론 추측이지만요."

"선생님의 방법은 불법인가요?"

"말씀 못 드린다니까 자꾸 그러시는군요. 그렇게 불안하시면 예금액 조사를 의뢰하는 건 제외하는 게 나을 것 같습니다. 어떠세요?"

"네, 그러는 게 낫겠습니다."

"그나저나, 그분의 금융 자산까지 조사할 필요는 없지 않나요? 자산과 수입이 있으니 경제적인 문제는 없을 것이고, NPO 법인의 돈 관리에 대한 투명성도 확실하니 회삿돈을 사적으로 유용했을 가능성은 낮을 것 같습니다."

"저 역시 그렇게 생각합니다. 그래서 저는 대표 이외의 직원들을 조사하기로 했습니다."

"대단한 행동력이시군요."

탐정은 감탄한 표정으로 고개를 끄덕였다.

"선생님도 보고 좀 배우시는 게 어떠세요?"

나는 비꼬는 투로 말했다.

"나는 그 정도 정력가가 아니야."

탐정은 나의 말에 별로 개의치 않는 듯했다.

"그곳 직원은 다섯 명 정도였습니다. 급여액은 장부의 숫자로 대충 추측할 수 있었습니다. 아르바이트 정도의 금액이었습니다."

"네, 기부로 이루어진 비영리 법인인데 직원들 급여를 많이 줄 수는 없겠죠."

"직원들이 사는 집도 전부 조사했습니다. 그다지 사치스러운 모습은 없더군요. 그러니까…… 이것이 그 사람들의 자택 위치가 있는 지도와 사진입니다."

그는 사진을 여러 장 보여 주었다. 가능한 다양한 각도에서 찍으려고 했던 것 같다.

"당연히 자산 가치도 판단하셨겠죠?"

"네, 다섯 명 중에 세 사람은 임대해서 살고 있더군요."

"그들이 NPO의 돈을 무단으로 유용한 흔적은 없었나요?"

"그게…… 전혀 없었습니다. 깨끗하더라고요."

"그렇게 조사는 끝인가요?"

"설마요. 이 정도로는 이해할 수 없지 않습니까."

"아, 네. 여전히 이해하지 못하셨군요."

"저 같은 사람이 직접 조사하는 데는 한계가 있습니다. 그래서 정공법을 쓰기로 했습니다. 정식으로 감사를 신청했습니다."

"관련 단체를 통해서 하셨나요?"

"아뇨, 저 개인으로서 했습니다."

"개인이 직접요? 혹시 자격증 같은 게 있으신가요?"

"아니요. 감사하는 데 그런 게 꼭 필요한가요?"

"아뇨, 그냥 물어본 겁니다. 신경 쓰지 마세요. 말씀 계속해 주시기 바랍니다."

"직접 감사를 하겠다고 말했더니 그쪽 담당자가 불쾌한 표정을 짓더군요. 전에 보여 준 장부로 충분할 거라나. 개인으로서 신청하는 감사는 받아들일 수 없다는 변명만 하더군요."

"그래서 결국 감사를 못 하셨나요?"

"아뇨. 저는 그 직원에게 이곳의 사업에 기부금을 낸 사람이라고 했습니다. 그러니 알 권리가 있고, 관련 부서에 가서 고소하면 관공서에 부정적인 인상을 줘서 법인 자격이 취소될지도 모른다고 했죠. 그랬더니 당황하며 대표에게 연락하더군요. 결국 감사를 진행해도 좋다고 허락해 줬습니다."

괴물이다. 이 사람은 의심할 여지 없는 괴물이다. 나는 그렇게 생각했다.

"당연히 그렇게 나와야죠."

탐정은 다테키요의 비위를 맞추려는 듯 미소를 지으며 고개를 끄덕였다.

"저는 관련 서류를 전부 모아 적당한 페이지를 펼친 다음, 의문이 생긴 부분에 대해 물었습니다."

"서류의 내용은 다 이해하셨나요?"

"부분적으로는요. 전체적으로 무슨 얘긴지는 잘 모르겠더군요."

"성과는 있으셨나요?"

"상대방의 모습을 보면 대체로 알 수 있습니다. 사람은 거짓말을 할 때 시선이 안정되지 않고 왔다 갔다 하니까요."

"거짓말하는 것 같았나요?"

"확증은 얻어 내지 못했습니다."

"확증요?"

"시선이 불안정하지 않더라고요. 전혀 흔들림 없이 똑바로 저를 쳐다보고 있었습니다."

"의심의 여지가 없었나 보군요."

"네, 수상한 점은 전혀 찾아내지 못했습니다."

"그래서 조사를 끝내셨나요?"

다테키요는 머리를 가로저었다.

"본격적인 조사는 여기서부터입니다."

"그 밖에 뭘 더 조사하셨나요?"

"제가 진짜로 알고 싶었던 사실에 관해서입니다. 제가 알고 싶었던 건 그 NPO 법인 회사가 제대로 운영되는지가 아니었습니다. 제가 알고 싶었던 건 돈의 흐름이었습니다. 제가 기부한 돈이 어떻게 쓰이는가, 그것이 유일한 관심사였습니다."

빙 돌아온 느낌이지만, 이제야 이야기의 핵심이 나오는 듯했다.

"그래서 돈의 흐름을 조사하셨나요?"

"네, 저는 NPO 법인의 직원에게 어느 나라에 어느 정도의 돈이 흘러갔는지 알고 싶다고 했습니다."

"바로 알려 주던가요?"

"네. 일단 거부할 줄 알았는데 알았다며 관련 자료를 보여 주던데요. 자료 속 명단에는 여러 개발 도상국의 주소, 현지 대리인의 이름과 연락처가 있었습니다."

"현지에 대리인이 있었군요."

"예. 때로는 일본 직원이 장기 출장으로 대응하는 경우도 있는데, 전부 그렇게 하면 일손이 턱없이 부족해지기 때문에 대부분 현지에 사는 대리인에게 위탁한다는군요."

"현지 대리인도 자원봉사자인가요?"

"그럴 때도 있지만, 대개는 유상으로 사업을 맡는 업체였습니다."

"대리인은 자원봉사가 아니라 영리 업체군요."

"그렇습니다."

"그 부분에서 부정이 싹틀 수 있겠네요."

"그건 아닐걸요."

"그 사람들은 돈 때문에 일하는 거잖아요."

"그건 그렇습니다만, 병원 건설을 자원봉사자에게 맡길 수도 없고, 의사도 자원봉사자만으로는 무리입니다. 어차피 건설비와 의사 인건비를 위해 성금을 모았기 때문에 현지 대리인에게 지급하는 돈도 그런 경비 중 하나라고 생각하면 부정은 아닙니다."

"말씀이 NPO 법인을 옹호하시는 듯하군요."

"옹호하는 게 아닙니다. 저는 단지 제 돈의 용도를 알고 싶었을 뿐입니다. 제대로 진행되는 일에 문제를 제기하고 싶지는 않습니다."

"그러시군요. 제가 괜한 소리를 했네요."

이 사람, 그냥 단순한 괴물이 아닌 건가? 이야기를 들을수록 진짜 목적이 뭔지 감이 잡히지 않았다.

"제대로 사업이 운영되고 있는지는 현지 대리인을 조사해 봐야 알 수 있겠죠."

"그렇다고 그걸 조사하러 외국까지 갈 수도 없잖아요."

다테키요는 잠시 말문이 막혀 있었다. 탐정은 그런 그의 얼굴을 빤히 보다가 말했다.

"외국에 가셨나요?"

"물론입니다."

다테키요는 고개를 끄덕였다.

"그러면 지출이 꽤 발생하지 않나요?"

"네. 쉽지 않은 결정이었습니다만, 사실을 알기 위해서는 어쩔 수 없었습니다."

돈을 쓰레기통에 버리는 짓이다. 아니, 일본이 세계의 경제에 다소 기여하고 있으니 그 정도는 아닐지 모르겠다.

"리스트 중에서 비교적 송금액이 많고 일본에서 쉽게 갈 수 있는 나라를 살펴봤습니다. 아프리카나 남미에 있는 나라는 일본에서 가기가 쉽지 않은 곳이라 제외했습니다. 동남아시아나 태평양에 있는 나라들을 위주로 봤죠. 그러다 제 눈에 들어온 곳이 바로 파시피카 공화국이었습니다."

"어디에 있는 나라인가요?"

"태평양과 지중해 사이에 위치한 섬나라입니다. 큰 해일이 발생할 때마다 국토가 사라져서 가까운 장래에 완전히 소실될 수도 있다고 합니다. 그 나라 수상이 '우리나라는 침몰한다.'고 선언해서 화제가 된 곳이기도 하죠."

"영화로 만들어진 유명 SF소설 『일본침몰』이 생각나네요."

"나라가 사라질 것이라는 말에 국민들은 의욕을 잃었고 경제가 침체돼서 해외로 탈출하는 것도 마음대로 못 하는 상태라고 합니다. 학교나 병원의 건설까지 막혀서 위기의 상황이라고 하더군요."

"그렇군요. 그 나라에 그 NPO 법인이 눈독을 들인 거군요."

"'눈독을 들였다'라는 말은 부정적 뉘앙스가 있지만, 그런 상황인 것 같았습니다. 아무튼 저는 그 나라에 가 보기로 했습니다."

"그 나라에 가서 어려운 점은 없으셨나요?"

"생각보다 그리 어렵지 않았습니다. 영국의 식민지였기 때문에 악센트가 심했지만 일단 영어가 통했습니다. 다만 그 나라까지 가는 길이 힘들었죠."

"공항이 없나요?"

"네, 거긴 공항이 없습니다. 그래서 가까이에 있는 다른 섬나라의 공항을 이용했습니다. 그 섬나라도 일본에서 가는 직항이 없어서 두 번 환승을 해야 했기 때문에 거의 하루가 걸렸습니다. 거기서 파시피카 공화국까지 배로 이틀을 더 가야 했습니다."

"왕복하는 데만 일주일이네요."

"그렇습니다. 그래도 도착해 보니 꽤 좋은 곳이었습니다. 바다도 깨끗하고 공기도 맑았어요. 주민들도 느긋하고 친절했습니다."

"그런 곳이 바닷속으로 가라앉고 있군요. 아쉽네요."

"그러게 말입니다."

"NPO가 병원을 세우는 것도 속죄의 의미가 있는 듯하군요."

"속죄요? 그게 무슨 소리죠?"

"지구 온난화 때문에 해수면이 상승해서 그 섬이 가라앉게 되는 거니까요. 결국 선진국들의 책임이 아니겠습니까."

"지구 온난화로 인한 해수면 상승이라고 해도, 1년에 몇 cm 정도입니다. 섬이 가라앉는 것은 난개발로 섬의 지반인 산호초가 열화되었기 때문입니다. 그런 상황에서 해일까지 와서 점점 붕괴되고 있는 거죠."

"아, 그런 거였군요."

"저도 현지에 가서 처음 알게 된 얘기입니다. 병원의 위치는, 영어로 '일본에서 세운 병원이 어디에 있는지 아세요?'라고 물었더니 금방 찾을 수 있었습니다. 나라 전체 면적이 30㎢도 안 되거든요. 어떤 건물이라도 금방 찾을 수 있는 곳입니다."

"30㎢도 안 된다면 사방 5㎞미터 정도겠군요."

"나라 전체가 걸어서 어디든 갈 수 있는 크기입니다. 병원의 이름은 '파시피카병원'이었습니다."

"NPO나 법인 쪽 이름은 아니군요."

"그렇게 붙여 봤자 별 소용이 없으니까요. 접수처로 가서 일본에서 왔다고 했더니 원장 선생님이 황급히 나와 맞이해 줬습니다."

"감사합니다. 이 병원이 없었다면 백 명도 넘는 사람들이 목숨을 잃었을 것입니다. 특히, 영아 사망률을 큰 폭으로 줄일 수 있었습니다."

원장이 악수를 하면서 말했다.

"의사분들은 모두 현지분들인가요?"

다테키요가 물었다.

"아닙니다. 반 정도는 외국에서 오신 분들입니다. 이 나라는 의과 대학이 없어서 현지 출신의 의사도 모두 해외 유학 경험이 있습니다."

"일본인 의사도 있으신가요?"

"병원 개원 시기에 한 분 계셨는데, 작년에 귀국하셨습니다."

설명을 들어 보니 일본에서 일자리를 얻지 못한 의사들을 위해 이용된 건 아닌 듯했다.

"이 나라의 제도 중에 뭔가 일본에 대한 '킥백'은 없나요?"

"'킥백'요? 그게 뭔가요?"

"'리베이트' 말입니다. 병원을 만들 때 특정 인물에게 나라가 금전을 지원하는 일은 없었나요?"

"이 나라는 가난하기 때문에 해외의 원조를 무조건적으로 받아들이고 있습니다. '리베이트' 같은 걸 줄 경제적 여유는 없습니다."

"그럼 '대가'라고 할 만한 건 일절 없었나요?"

"현관 옆에 위치한 비석에 기부한 사람의 이름을 새겨 놓은 정도일까요. 그 역시 이 병원뿐만 아니라 NPO가 만든 전 세계의 모든 병원에서 실시하고 있는 규칙이죠."

다테키요는 그 비석을 보러 갔다. 커다란 비석에 빽빽하게 이름들이 새겨져 있었다.

"이 병원을 세우는 데 이렇게 많은 사람들이 기부를 했나요?"

"아뇨, NPO에 기부한 인원 모두의 이름들입니다. 기부할 때는 이 병원을 세우는 데 사용해 달라고 지정할 수 없으니까요."

그 말을 들은 다테키요는 문득 뭔가 생각난 듯 물었다.

"이 병원의 자금 관리 상황을 확인할 수 있을까요? 설립 시 사무 처리에 사용된 서류도 확인하고 싶습니다만."

"물론 가능합니다."

원장은 흔쾌히 응했다.

▶▶

"자금 관리 부분은 제가 전문가가 아니기도 하지만 서류가 영어로 되어 있어서 내용 파악이 어려웠습니다. 하지만 저는 사전을 들고 며칠 동안 병원에 다니면서 내용을 확인했습니다."

"며칠 동안이나 다니셨다고요?"

"모처럼 큰마음 먹고 그 나라에 갔으니 시간이 걸리더라도 제대로 조사하고 싶었습니다. 어차피 호텔에서 특별히 할 일도 없었거든요."

"관광은 하지 않으셨나요?"

"몇 시간이면 둘러볼 수 있는 나라이기 때문에 관광은 첫날 끝냈습니다. 설립 당시의 서류는 일본에서 가져온 NPO의 서류와 대조하며 잘못된 부분이 없는지 확인했습니다."

"조사 결과, 뭔가 알아내셨나요?"

"서류에는 잘못된 부분이 없었고, 부정 운영의 증거도 찾지 못했습니다."

"하지만 아직 납득 못 하신 거죠?"

"네. 부정 운영의 증거는 없었지만, 부정 운영이 없었다는 증거도 없었으니까요. 앞으로 부정의 증거가 나올 가능성은 있는 거잖아요."

"아, 그렇군요. 문제의 원인이 보이기 시작했습니다."

탐정이 말했다. 거짓말이다. 탐정은 훨씬 전부터 알고 있었을 것이다. 나 역시 알고 있었다.

"네? 제 방법이 서툴렀나요? 부정의 유무를 알아내려면 앞으로 뭘 조사하면 되죠?"

"다테키요 씨의 문제점은 '악마의 증명'을 하려는 것입니다."

"'악마의 증명'이라고요? 저는 오컬트 같은 건 안 믿는데요."

"'악마'라는 단어를 사용하긴 하지만 오컬트하고는 관계가 없습니다. 다테키요 씨는 '부정 운영 증거'는 물론이고 '부정 운영이 없었다는 증거'가 나오지 않으면 납득할 수 없으신 거죠?"

"당연한 거 아닌가요? 이도저도 아닌 상태로 조사를 그만둘 순 없잖아요."

"'부정 운영 증거'라면 예를 들어 어떤 게 있나요?"

"자금 관리에서 지출이 맞지 않는다거나, 의심되는 지출이 있다거나, 실제로 근무하지 않는 직원이 있다거나 그런 것들이 있겠죠."

"결국, 그런 건 찾을 수 없으셨죠?"

"네."

"그럼 '부정 운영이 없었다는 증거'는 예를 들어 어떤 건가요?"

"그것이 문제입니다. 예를 들어, 관계자 전원으로부터 '저희는 부정행위를 하지 않았습니다.'라는 확약서를 받아도 그것이 거짓말일 가능성은 늘 존재하니까요. 부정이 없었다는 증거로 대체 어떤 것을 찾아야 하는지, 그것에 관한 조언을 듣고 싶습니다."

"혹시, 심각한 문제에 발을 들여놨다는 것을 깨달으셨나요?"

"심각한 문제요?"

"예를 들어 설명드리죠."

탐정은 잠시 생각하더니 말을 이었다.

"어떤 사람이 문득 의문을 갖게 되었습니다. '과연 하얀 까마귀는 존재할까?' 하고 말입니다. 그 의문을 해결하려면 어떻게 해야 할까요?"

"하얀 까마귀를 찾아내야겠죠. 한 마리라도 하얀 까마귀를 찾아내면 '하얀 까마귀는 존재한다.'고 할 수 있으니까요."

"맞습니다. 하지만 만약 하얀 까마귀를 찾지 못하면 어떻게 하죠?"

"하얀 까마귀가 있다는 증거는 없는 게 되겠죠. 하지만 하얀 까마귀가 존재하지 않는다는 증거 역시 찾을 수 없겠네요."

"다테키요 씨 같으면 어떻게 하시겠어요."

"하얀 까마귀를 발견할 때까지 계속 찾아다닐 수밖에 없겠죠. 한 마리라도 하얀 까마귀를 찾아내면 목적 달성이고."

"그 방법론은 하얀 까마귀가 존재하는 것을 증명하는 경우죠?"

"물론 그렇습니다."

"그럼, 하얀 까마귀가 존재하지 않는다는 것을 증명하고 싶은 경우는 어떻게 하는 게 좋을까요?"

"모든 까마귀들을 조사해서 전부 검은 까마귀라는 걸 확인하면 되는 거 아닌가요?"

"어떻게 모든 까마귀를 조사할 수 있을까요."

"지도를 따라 한 마리씩 조사하는 수밖에 없겠죠."

"어떻게 하면 까마귀를 전부 조사했다고 확신할 수 있을까요? 발견한 까마귀를 한 마리씩 잡았다고 해도, 모든 까마귀를 잡았다는 확증을 얻을 수 있을까요?"

"그럴 수는 없겠죠. 무한하게 반복되는 고행 같군요."

다테키요는 힘없이 어깨를 떨어뜨렸다.

"그럼, 이렇게 생각하면 어떨까요? 여기 두 사람의 남자가 있다고 합시다. 편의상 한 사람은 A씨, 또 한 사람은 B씨라고 하겠습니다. A씨는 '세상에는 하얀 까마귀가 존재한다.'고 주장하고, 또 한 사람인 B씨는 '세상에 있는 모든 까마귀는 검다.'라고 주장한다고 합시다. 어느 날, 두 사람은 논쟁을 하게 되었습니다. A씨가 논쟁에서 이기려면 어떻게 해야 할까요?"

"조금 전에 말씀드린 대로입니다. 하얀 까마귀를 찾아서 보여주면 되겠죠."

"맞습니다. 그럼 B씨가 논쟁에서 이기려면 어떻게 해야 할까요?"

다테키요는 고개를 가로저었다.

"전혀 모르겠습니다."

"간단합니다. A씨에게 이렇게 말만 하면 됩니다. '하얀 까마귀가 있다면 여기로 가져와. 그렇게 할 수 있으면 믿어 주지.'라고 말입니다."

"그건 너무 약삭빠른 거 아닌가요?"

"그렇지 않습니다. 새로운 주장을 할 경우에는 주장하는 쪽이 증거를 제출해야 합니다. 재판에서 유죄가 입증되지 않으면 결국 무죄가 됩니다. 소위 말하는 '무죄 추정'이라는 것이죠. 가령 그것이 진실이라고 해도, 그것을 증명하는 것이 사실상 불가능할 경우, 그것을 흔히 '악마의 증명'이라고 합니다. 모든 까마귀가 검다는 것을 증명하는 것이야말로 악마의 증명이라고 할 수 있겠죠. 증명하는 것이 불가능하니까요."

"그래서요?"

"부정이 있었다는 증거가 나오지 않는다면 부정은 없었다고 봐야 합니다. 무죄 추정과 같은 거죠."

"즉, NPO 법인은 부정 운영을 하지 않았다는 건가요?"

"그것을 완벽하게 증명할 수는 없지만, 그렇게 생각하는 것이 합리적이라는 얘기입니다."

다테키요는 고개를 숙이더니 부들부들 떨기 시작했다.

"빌어먹을, 어떻게 이럴 수가……."

"기분은 이해합니다. 소중한 돈을 멋대로 썼으니……."

"이것은 엄연한 사기입니다. 제 말이 틀리나요?"

탐정은 고개를 끄덕였다.

"아주 악질이군요."

다테키요는 가방에서 팸플릿을 또 한 장 꺼냈다. 표지에는 '세상의 모든 애완견의 생명을 구하자!'라는 문구가 인쇄되어 있었다.

"이건 살처분 당할 예정인 유기견을 사들여서 후지(富士)산 쥬카이(樹海) 안에 세워질 애완동물 천국에서 여생을 보내게 하자는 취지의 모금입니다."

*

"죄송합니다만, 얘기가 갑자기 알 수 없는 방향으로 간 것 같습니다."

내가 손을 들며 말했다.

"자네는 지금까지 무엇을 들은 건가?"

탐정이 짜증스러운 목소리로 물었다.

"다테키요 씨께서 기부하신 곳을 조사한 얘기요."

"이분은 큰돈을 기부하셨단 말이야."

"네, 그건 저도 압니다."

"기부한 것 자체는 후회하지 않습니다. 하지만 그 사용처는 납

득할 수 없어요. 제 돈을 전혀 모르는 사람의 목숨을 구하는 데
쓰다니, 절대 용납할 수 없습니다!"

다테키요가 화난 표정으로 말했다.

"바로 그겁니다."

탐정은 고개를 끄덕였다.

"제가 애완동물을 구하고 싶어서 피를 토하는 마음으로 기부
한 돈인데…… 그런데…… 전혀 엉뚱한 데 쓰다니, 말도 안 돼!"

마침내 다테키요는 울음을 터뜨렸다.

"그러니까, 애완동물을 구하려고 기부한 돈을 개발 도상국 병
원 건설에 써 버린 것이 문제라는 건가요?"

내가 묻자 탐정이 말했다.

"당연하지."

"기부 당시의 의도와는 다른 용도로 사용되었다는 거군요. 그래
도 결과적으로 사람의 목숨을 구했으니 그걸로 된 거 아닌가요?"

"뭐라고요? 그걸로 되다니, 되긴 뭐가 돼요? 이건 엄연한 사기야!"

흥분한 다테키요가 덤비듯이 말했다.

"다테키요 씨, 진정하세요. 그렇게 된 걸 알아차린 건 언제인
가요?"

탐정이 달래며 물었다.

"기부하면 그만큼 소득 공제가 된다는 얘기를 듣고, 이번에 한
기부도 그것에 해당하는지 확인하려고 동물 구제 센터에 갔습니

다. 그랬더니 기부했을 때는 있었던 테이블, 의자, 컴퓨터 등은 없고, 텅 빈 사무실에서 남자 한 명이 컵라면을 먹고 있지 뭡니까. 발밑에는 서류가 쓰레기처럼 여기저기 흩어져 있고요."

"그 남자는 다테키요 씨를 보고 어떤 반응을 보이던가요?"

"무척 당황하는 눈치였습니다. 손에 들고 있던 젓가락을 바닥에 떨어뜨릴 정도로."

다테키요가 남자에게 물었다.

"왜 전에 왔을 때는 있던 자리들이 전부 없어진 건가요?"

"그, 그게…… 그러니까 이사를 해서……."

"이사요? 금시초문인데."

"갑자기 결정된 겁니다. 더 싼 사무실이 있어서……."

"그럼, 새로 이사한 사무실 주소는 어떻게 되죠?"

"그게…… 지금은 저도 잘 모릅니다. 메모해 둔 것도 없고. 나중에 확인하고 연락드리겠습니다."

"이사 간 주소를 모른다고요?"

"네, 워낙 아닌 밤중에 홍두깨처럼 진행된 일이라……."

다테키요는 수상하다는 생각이 들었다.

"전에 제가 기부한 거 말인데요. 제대로 사용된 거죠?"

"다, 당연하죠. 확실하게 잘 사용되었습니다."

남자는 어색한 미소를 지었다.

"어떻게 사용되었는지 알려 주실래요?"

"네?"

남자가 당황한 목소리를 냈다.

"그러니까 그 돈은……."

우물쭈물하던 남자는 발밑에 떨어져 있던 종이들 중 팸플릿 한 장을 주워서 보여 줬다.

"여, 여기에 기부했습니다."

그가 내민 건 'NPO 법인 개발 도상국 병원 건설 프로젝트'의 팸플릿이었다.

"이게 뭐죠? 얘기가 완전히 다르잖아요?"

다테키요가 눈을 동그랗게 뜨고 물었다.

"얘기가 달라요? 이런, 아직 듣지 못하셨군요."

"그게 무슨 소리죠?"

"그러니까…… 기부처가 기부를 거절해서 다른 곳에 기부한 겁니다."

"하지만 저는 그런 엉뚱한 기부를 할 생각은 없습니다. 일단은 영수증을 발행해 주실래요?"

"익명으로 기부했기 때문에 영수증은 발행할 수 없습니다."

"익명이라니, 무슨 얘긴가요?"

"익명이 익명이죠. 여긴 그런 단체입니다."

다테키요는 눈앞이 캄캄해지는 것을 느꼈다. 한동안 멍하니 있다가 문득 정신을 차렸더니, 아까 있던 남자는 어디론가 사라지고 없었다. 다테키요가 기부했다는 증거 서류는 하나도 구할 수 없었다. 찾을 수 있는 유일 단서는 팸플릿 한 장뿐이었다. 그래서 그 팸플릿에 나와 있는 NPO 법인을 조사하게 된 것이다.

"저의 소중한 돈이 불쌍한 애완동물들을 위해서가 아닌 어딘가에 있는 아이들의 생명을 구하기 위해 사용되다니, 말도 안 됩니다. 속이 울렁거리는 걸 도저히 참을 수 없었습니다. 이것을 사기 사건으로 고소할 수 없나요?"

"애완동물을 위해 기부한 돈을 엉뚱한 병원 건설에 기부했다는 거군요. 그렇다고 그게 사기죄에 해당할지 모르겠네요."

내가 의문을 제기하자 탐정이 말했다.

"그런 경우, 다테키요 씨가 손실을 입었는지가 판단 기준이 되겠지. 다테키요 씨는 애완동물의 목숨을 구할 수 있다는 생각에 기부했어. 하지만 그 돈은 아이들을 구하기 위해 사용되었지. 이 차이를 손실이라고 할 수 있는지가 문제야."

"당연히 손실이죠. 견딜 수 없는 정신적 고통을 안겨 줬거든요. 결국, 저 순진한 동물들의 생명을 구하지 못했잖아요."

다테키요는 괴로운 표정을 지었다.

"하지만 그 일로 경찰이 움직이지는 않을 것 같습니다."

나는 솔직한 생각을 말했다.

"아니야, 경찰을 움직일 수 있어."

탐정이 단언하자 내가 물었다.

"정말요? 동물 구제 센터에서 선의로 NPO 법인에 기부한 거 잖아요."

"틀렸어. 경찰이 움직일 수 있는 이유는 동물 구제 센터가 선의로 기부하지 않았기 때문이야."

"그럼, 선의가 아니라 악의로 기부했다는 건가요?"

"아니, 기부 자체를 하지 않았어."

"네? 그럼 거짓말을 했다는 건가요?"

"바로 그거지."

"그들이 거짓말을 했다는 것을 어떻게 알 수 있죠?"

"다테키요 씨의 이야기를 주의 깊게 들어 보면 알 수 있어. 이 야기 중에 동물 구제 센터가 NPO 법인에 기부하지 않았다는 증 거가 있어."

"그게 뭐죠?"

다테키요가 몸을 내밀며 물었다.

"동물 구제 센터의 남자가 익명으로 기부했으니 영수증은 발급받을 수 없다고 했죠?"

"네."

"그 말은, NPO 법인 개발 도상국 병원 건설 프로젝트는 동물 구제 센터로부터 익명으로 기부를 받았다는 것이 됩니다. 여기까지 이해하시겠어요?"

"네."

"다테키요 씨는 파시피카 공화국의 병원으로 조사하러 가셨죠?"

"네."

"그곳에서 발견한 비석에 새겨진 것은 뭐였죠?"

"NPO 법인에 기부한 사람들의 이름이라고 했죠."

"정확하게는 NPO에 기부한 사람 모두의 이름이라고 하셨습니다. 맞나요?"

"네, 분명히 그렇게 말했습니다."

"모두의 이름을 써 놓았다는 건 무슨 뜻이죠? 즉, 익명 기부는 받지 않는다는 얘깁니다."

"네?"

"팸플릿을 다시 한번 확인해 보세요. 그런 게 적혀 있지 않나요?"

다테키요는 서둘러 팸플릿의 내용을 확인하기 시작했다.

"있다! 여기 명기되어 있어요. 익명으로 하는 기부는 받을 수 없다고 되어 있네요."

"철저하게 투명한 자금 관리를 취지로 한 단체이기 때문에, 부정이 개입될 여지를 최대한 배제하려는 목적일 것입니다. 그러니까 다시 말해서, 동물 구제 센터는 NPO 법인에 기부 같은 건 하지 않았습니다. 아마도 단순한 사기 집단이겠죠. 사무실을 비우고 도망가려던 차에 다테키요 씨가 세금 공제 건으로 찾아와서 묻자, 난처했던 그 남자가 위기를 모면하기 위해 순간적으로 발견한 이 팸플릿을 보여 준 겁니다."

"그런데 왜 이런 팸플릿이 거기 있었을까요?"

"아마, 참고용이겠죠. 이제 이 사건이 단순한 기부금 사기임이 밝혀졌습니다. 그렇다면 경찰도 움직여 주겠죠?"

자신 있는 탐정의 목소리를 듣고 있던 내가 중얼거렸다.

"진상이 그거였어요? 저는 좀 실망스럽네요."

"왜 자네가 그런 소리를 하지?"

"기부금 사기로 가로챈 돈을 병원 건설에 기부하는 선의의 사기 집단, 그런 게 좀 더 낭만적인 느낌이 드는 것 같아서요."

"그게 무슨 소리야. 기부금 사기를 쳐서 기부한다는 거 자체가 말이 안 되잖아. 그냥 기부하면 그만이지."

"듣고 보니 그렇네요."

나는 다테키요 쪽으로 시선을 돌렸다.

"다테키요 씨, 분하시죠? 아직도 울고 계시네요."

탐정이 끼어들었다.

"틀렸어. 저건 기쁨의 눈물이야. 그가 무슨 말을 할지 잘 들어 봐."

나는 다시 다테키요를 쳐다봤다.

"내 돈을 생판 모르는 아이의 생명이나 구하는 데 쓰지 않았다
니, 정말 다행입니다."

모리아티

"커피 브레이크 하지 않으실래요?"

나는 탐정에게 물었다.

"커피 브레이크? 좋아. 커피 한잔할까."

나와 탐정은 테이블로 이동했다.

"자네가 여기 온 지도 좀 되지 않았나?"

"네, 벌써 반년이 넘었어요."

"연재는 순조롭나?"

"네, 연재가 시작되고 나서 미니미코지에서 연락이 왔는데, 이례적인 판매 성적이라고 하더군요."

"잘된 일이구만. 자네의 연재가 시작된 다음부터 우리 쪽 의뢰도 부쩍 늘었거든."

"정말인가요?"

"자네의 글 덕이지. 연재를 본 사람들이 나를 명탐정인 줄 알고 찾아오고 말이야."

"진짜로 명탐정이시잖아요, 이만큼 사건을 해결하셨으니."

"어쩌다 이 일을 시작한 거지?"

"저도 잘 모르겠어요. 어느 날 갑자기 편집장님이 부르시더니 그러더라고요. 이 동네 탐정 사무소를 취재하면서 르포를 써 보라고. 그때는 어떤 글을 쓰게 될지 감이 안 잡혔어요. 신출내기 작가에 경험도 부족하니 어쩔 수 없었죠."

"자네가 처음 왔을 때, 고객들이 자네를 내 조수로 착각했었지. 그래서 자네가 내 조수인 척하면 괜찮겠다는 생각을 하게 됐지."

"네, 조수의 입장에서 탐정의 활약을 묘사한다는 것은 신선한 생각이었습니다."

"아니, 전혀 신선하지 않아. 홈즈와 왓슨의 관계가 있잖아. 엄밀히 말하면 왓슨은 홈즈의 조수가 아닌 친구라고 하지만, 탐정 조수 하면 떠오르는 게 왓슨 아닌가. 자네 역시 조수와 같은 위치에서 참가했으니까 조수역이었다고 해도 문제없어. 자네는 아마 현대 일본의 왓슨으로서 논픽션의 역사에 이름을 남길 걸세."

"왓슨이라뇨, 당치도 않습니다. 그래도 그렇게 봐 주시니 기분 좋네요."

나는 부끄러워서 얼굴이 달아올랐다.

"자네가 왓슨이면 내가 셜록 홈즈가 되는 건가."

"셜록 홈즈라고 하시니, 혹시 모리아티를 아시나요?"

"알지. 이름만 아는 거지만. 홈즈의 라이벌 아닌가?"

"선생님은 셜록 홈즈 소설을 읽지 않으셨나요?"

"물론 읽었지. 『붉은 머리 클럽』, 『얼룩 끈의 비밀』 같은 단편 몇 개가 전부긴 하지만 말이야."

"그럼 모리아티에 관해서는 잘 모르시겠군요. 그는 수수께끼 투성이의 인물이랍니다."

"원래 '괴도'는 수수께끼투성이지."

"괴도는 아니고, 범죄 조직의 중심인물입니다."

"그런 거였어? 모리아티가 범죄를 예고하고 홈즈가 그것을 막는 거 아니었어?"

"뭔가 헷갈리신 것 같네요. 뤼팽 대 가니마르(뤼팽의 숙적인 경시청 경감)라든가, 괴인이십면상 대 아케치 고고로(일본 1대 추리소설가 에도가와 란포가 탄생시킨 명탐정과 그의 숙적인 괴도)의 관계로요."

"어? 그리고 보니 홈즈의 라이벌은 뤼팽 아니었어?"

"뤼팽 시리즈에 등장하는 영국인 탐정은 에를록 숄메 (Herlock Sholmes)입니다. 셜록 홈즈의 애너그램(anagram, 문자의 순서를 바꾸어 만든 단어)이라고 하는데, 애너그램은 알

기 어려워서인지 일본에서는 셜록 홈즈로 번역하는 경우가 많은
가 봅니다.”

“그렇군. 아무튼 모리아티는 괴도가 아니라 범죄 집단의 두목
이란 얘기지?”

“유럽에서 발생한 중대 범죄의 절반가량은 그가 배후라고 하
여 범죄계의 나폴레옹이라는 호칭까지 있었습니다. 범행에 실패
하더라도 그에게까지 수사의 손길이 미치지 못하도록 교묘하게
공작을 하여 베일에 싸인 존재로 알려져 있죠.”

“그렇게 매번 셜록 홈즈와 치열한 대결을 하는 건가.”

“그것도 아닙니다. 모리아티가 셜록 홈즈와 맞붙는 건 전 작품
통틀어 두 번뿐입니다.”

“겨우 두 번?”

“네. 게다가 그중 한 번은 직접 붙지 않고 모리아티의 부하와
대결합니다.”

“어째서 그런 놈이 셜록 홈즈의 라이벌이지?”

“셜록 홈즈를 죽였기 때문입니다.”

“어? 그럼 최종화의 등장인물인가?”

“아뇨. 사실은 셜록 홈즈가 죽지 않았다는 것이 밝혀집니다.”

“죽은 것으로 끝냈다가 독자들이 다시 살려 내라고 작가를 압
박했겠지?”

“그건 잘 모르겠네요. 어쨌든, 중요한 건 모리아티가 홈즈를

죽일 정도의 강력한 캐릭터라는 거죠."

"세기의 명탐정과 범죄계의 나폴레옹의 대결이라면 엄청난 두뇌 싸움이 있었겠군."

"그것 역시 아닙니다. 둘은 격투를 했어요."

"격투? 홈즈의 최종화인데 추리가 아니라 격투라니, 기묘하군."

"그렇습니다. 아주 기묘하죠. 더욱 기묘한 건 모리아티가 작중에 직접 등장하지 않는다는 겁니다."

"그건 또 무슨 소리지?"

"셜록 홈즈 스토리는 대부분 왓슨이 이야기를 전하는 형식인데, 모리아티에 대한 건 왓슨이 아니라 셜록 홈즈가 직접 말하는 것으로 되어 있습니다. 즉, 모리아티는 셜록 홈즈의 대사 속에서만 등장하는 인물인 셈이죠."

"그거 정말 기묘하군. 왜 작가는 그런 짓을 했지?"

"셜록 홈즈 시리즈를 끝내기 위해 급조된 캐릭터라는 말도 있지만, 저는 다르게 해석하고 있습니다."

"호오, 그건 어떤 해석이지?"

"모리아티가 처음부터 존재하지 않았다는 것입니다. 단순한 가공의 인물이라는 의미가 아니라, 이야기 속에서도 실재하지 않았다고 생각합니다."

"그건 또 무슨 소리지?"

"이건, 작가가 만든 '독자에의 도전'이 아니었나 합니다. '왓슨도 셜록 홈즈도 독자에게 절대 거짓말을 하지 않는다.'는 고정 관념을 거꾸로 이용한 트릭이 아니었나, 생각합니다. 아는 독자만 알면 되는 것이라는 생각에, 일반 독자에게는 그 트릭을 공개하지 않았던 것 같습니다. 그렇게 생각하면 모리아티가 등장하는 이 '최후의 사건'이라는 단편의 특이성이 두드러져 보입니다. 셜록 홈즈를 모리아티가 쫓다가 두 사람이 같이 폭포수 아래로 떨어졌다는 흔적을 왓슨이 발견하는 내용뿐입니다. 수수께끼가 없는 것처럼 보이지만, 작품 자체가 하나의 트릭이었다고 생각하면 앞뒤가 맞습니다."

"자네가 생각하는 그 트릭은 뭐지?"

"왜 셜록 홈즈는 있지도 않은 모리아티라는 인물을 만들어 내서 몸싸움을 하다 죽은 것처럼 꾸민 걸까요? 대답은 간단합니다. 셜록 홈즈 자신이 바로 모리아티였던 겁니다. 그는 이중생활에 한계가 와서 그렇게 한 거죠."

탐정의 눈썹이 꿈틀거렸다.

"그것참 참신한 발상이군. 하지만 명탐정이 사실은 범죄왕이었다는 건 모순이 아닐까?"

"아닙니다. 모순이긴커녕 그것으로 모든 것이 아주 잘 설명됩니다. 어떻게 홈즈가 그동안 연이어서 난해한 사건을 해결할 수 있었을까요? 그건 바로 자신이 그 사건들을 뒤에서 조종하고 있었기 때문입니다."

"자신이 일으킨 범죄를 해결해서 무슨 득이 되지?"

"우선, 명탐정이라는 명성을 얻게 되죠. 그리고 그 평판에 의해 사건 의뢰가 몰려오겠죠. 그렇게 해석하면 왓슨은 이른바 '홍보 담당'이었던 거죠."

"하지만 그렇게 생각하면 기껏 발생시킨 범죄는 손해가 되지 않을까?"

"모리아티는 유럽에서 중대 범죄 절반의 배후에 있는 인물입니다. 영국에서 발생한 사건이 해결되었다고 해도 그다지 큰 손해는 없었을 겁니다."

잠시 생각에 잠겨 있던 탐정이 불쑥 말했다.

"재밌는 해석이군. 그래도 어차피 픽션 속의 이야기잖아. 해석은 여러 가지가 나올 수 있겠지. 작가도 이미 죽은 상태라 확인할 방법도 없고. 재밌는 생각이긴 하지만, 어차피 소설 속의 이야기니 현실에서는 별 도움이 안 될 것 같군."

"여흥의 일종이라고 생각하면 어떨까요?"

"여흥이라. 그럴 수도 있겠군."

"게다가, 현실의 사건에도 도움이 될 수도 있습니다."

"현실의 사건? 예를 들어 어떤 사건이지?"

"전에 아이돌 후지 유이카 스토커 사건이 있었죠?"

"있었지. 자네가 '아이돌 스토커'로 소개했던 사건 말하는 거잖아."

"결국, 전 매니저가 꾸민 사건이라는 것이 밝혀졌죠. 하지만 그 매니저는 실종돼서 현재까지도 행방불명입니다."

"교활한 범인이었지만 사건 자체는 단순했지."

"유이카 씨가 병원에서 만난 카운슬러가 탐정 선생님의 지인이라고 하셨죠?"

"그랬지."

"고객 기록을 살펴봤더니, 제가 이 사무실에 오기 전 의뢰인들의 반은 그분의 소개였더군요."

"자네, 이곳 고객 기록을 조사했나?"

"네."

"자네에게 그런 권리가 있다고 생각하나?"

탐정이 정색을 하며 물었다.

"저는 조수로서 일을 하다가 알아낸 것입니다."

"하지만 자네는 진짜 조수가 아니야."

"제가 조수처럼 행동하길 원하셨잖아요."

"손님들 앞에서만 그러라는 뜻이었지. 앞으로는 그럴 필요 없네."

"알겠습니다. 앞으로는 고객 기록을 조사하지 않겠습니다."

"그렇게 한다면 지금까지의 일들은 불문에 부치지."

"고객 기록에 따르면 그녀 이외에도 소개해 준 사람이 더 있었더군요."

"이전엔 그런 시스템으로 고객을 끌어모았지."

"제가 로컬 미니미코지에 이곳을 소개하면서부터는 소개자를 거치지 않고 직접 찾아오는 의뢰인이 늘었습니다."

"의뢰인이 늘어난 것이 자네 덕이라고 말하고 싶은 건가? 그런 의미라면 물론 감사하지. 하지만 자네 역시 나의 활약을 기사로 써서 명성을 얻게 되지 않았나."

"네, 이 관계는 '기브 앤 테이크'라고 생각합니다."

"자네가 그렇게 말해 주니 마음이 놓이는군."

"저는 유이카 씨 사건에 관해서 다른 것도 알아냈습니다."

"또 무슨 기록을 본 건가?"

탐정의 얼굴색이 바뀌었다.

"아닙니다. 유이카 씨와 탐정 선생님의 대화를 듣고 알아낸 것입니다."

"그건 나도 눈치챘던 건가?"

"아마 눈치채지 못하셨을 겁니다."

"자네만 눈치챈 사실이란 얘기군. 대단해. 물론 사건과 관련된 것이겠지?"

"네, 사건의 진상에 관한 것입니다."

"사건의 진상? 그런데 내가 눈치채지 못했다?"

"네."

"갑자기 그런 말을 들으니 믿기 어렵군. 도대체 어떤 것이지?"

"집에 스토커가 침입한 것을 알아차린 유이카 씨는 집 안 거울이 이상하게 비치는 것 같았다고 했습니다."

"그랬지."

"그리고 거울을 찍은 사진을 보고, 그것은 매직미러이며 그 뒤쪽에는 어떤 남자가 숨어 있다는 것을 알아차렸다고 했죠."

"그건 나도 알고 있는 얘기잖아."

"제가 눈치챈 건 그게 아닙니다. 선생님은 그녀에게 물었죠. '범인이 찍힌 욕실 거울을 자세히 조사했나요?'라고 말입니다."

"내가 그랬던가?"

"네, 그러셨습니다."

"그게 어떻다는 거지?"

"어떻게 욕실 거울 사진에 범인이 찍힌 것을 아셨습니까?"

"그거야 그녀가 그렇게 말했으니까⋯⋯."

"아뇨, 그녀는 그런 얘기는 한 적이 없습니다. 단순히 커다란 거울이라고만 했죠."

"자네가 못 듣고 놓친 거겠지."

"꼼꼼히 듣고 글로 옮기는 제가 놓칠 리가 없죠."

"그렇다면 내가 추정한 거겠지. 커다란 거울이라고 해서 욕실 거울이라고 말이야."

"처음부터 알고 계셨던 거 아닌가요?"

"뭘 알고 있었다는 거지?"

"욕실 거울이 매직미러이고 그 반대쪽에는 사람이 숨어 있었다는 것을요."

탐정은 아무런 말 없이 내 얼굴을 바라봤다.

"재미있구만."

작게 중얼거린 탐정이 툭 던지듯 말했다.

"하지만 나는 아무것도 몰랐어. 그건 자네의 추측에 지나지 않아."

잠깐의 침묵이 흐른 뒤 나는 약간 비꼬는 어조로 말했다.

"그러게요. 제 단순한 추측일 수 있겠죠. 나카무라 토코 씨 사건도 기억하고 계시죠?"

"그럼, 자네가 '소거법'이라고 이름 붙였던 사건이잖아."

"그녀는 자신을 초능력자라고 착각했었습니다."

"그랬었지."

"하지만 처음에는 그 사실을 알 수 없었습니다."

"그건 그렇지. 처음 보는 사람을 무턱대고 진짜 초능력자인지 혹은 초능력자라고 착각하는 사람인지 판단할 근거는 없으니까."

"토코 씨는 자신의 초능력에 절대적인 확신을 가지고 있었습니다."

"토코 씨의 주관으로는 '인간 소실'이 정말 발생하고 있으니 그것을 현실과 구별하지 못했던 거야. 그건 그렇게 이상한 게 아니지."

"하지만 그건 어디까지나 토코 씨의 주관에서만 일어난 것이었죠. 다른 사람은 알 수 없어요."

"물론이지. 만약 다른 사람이 알 수 있다면, 그 사람 역시 초능력자겠지. 하지만 원칙적으로 탐정은 초능력을 인정하지 않아. 인정해 버리면 모든 추리의 전제가 무너져 버리거든."

"그럼, 어떻게 그걸 아실 수 있었죠?"

"대체 지금 무슨 말을 하는 거야?"

"토코 씨가 사무소에 왔을 때, 시범을 보이기 위해 저를 지우려고 했었죠."

"어, 나도 기억해."

"그리고 저를 지웠다고 생각한 다음, 제 사진을 선생님에게 보여 주었습니다."

"응, 그랬지."

"선생님은 제 사진을 보고 모르는 사람이라고 하셨어요."

내 말에 탐정은 웃었다.

"무슨 말을 하나 했네. 물론, 정말로 자네를 잊어버린 건 아니야."

"네, 저도 정말 선생님이 저를 잊어버렸다고 생각하지 않습니다. 하지만 이해할 수 없는 부분이 있어요. 왜 저를 모른다고 하신 거죠?"

"그건 간단해. 토코 씨에게 맞춰 주려고 그런 거야."

"토코 씨에게 맞췄다고요?"

"토코 씨는 자신을 초능력자라고 생각했잖아. 그 자리에서 토코 씨의 초능력을 부정했다면 우리들의 의견을 받아들이지 않고

가 버렸을지도 몰라. 그래서 우선은 토코 씨의 망상을 받아들이고 천천히 설득한 거지."

"제가 이해할 수 없었던 건 저를 모르는 척한 목적이 아닙니다."

"그게 아니면 뭐라는 거지?"

"어떻게 선생님이 토코 씨의 망상의 내용을 알고 있었냐는 겁니다."

"그건 토코 씨가 스스로 말했으니까……."

"그 시점에서 토코 씨는 망상의 내용을 말하지 않았습니다."

"잠깐만, 지금 생각해 볼게. 아, 맞다. 그때 토코 씨는 자네에게 '너 같은 건 사라져 버려.'라고 했잖아."

"네."

"그 말을 듣고 망상의 내용을 상상할 수 있었어."

"토코 씨가 망상에 빠져 있었다는 것을 알고 계셨어요?"

"그럼, 알았지. 그런 건 직업의 특성상 어렵지 않게 눈치챌 수 있어."

"하지만 조금 전에 처음 보는 사람을 무턱대고 진짜 초능력자인지 혹은 초능력자라고 착각하는 사람인지 판단할 근거는 없다고 하셨잖아요?"

"그야……."

탐정은 말문이 막혔는지 우물거렸다.

"자네가 지금 나를 논파하려는 건지 모르겠지만, 사실은 단순하게 그냥 말꼬리를 잡는 것뿐이야. 조금 전에 말한 건, 말이 그렇다는 거야. 탐정에게는 독특한 직감이라는 것이 있어. 그건 자네도 알고 있잖아."

"네, 탐정 선생님을 보고 있으면 그렇게 생각할 때가 많이 있습니다."

"거봐, 자네도 느끼고 있는 거잖아."

"하지만 그건 직감이 아니었던 게 아닐까, 하고 의심하게 되었습니다."

"직감이 아니면 뭐라는 거지? 뭔가 근거는 있는 거야?"

"예를 들어……. 맞다, 도야마 하즈미 씨 사건이 있었죠. '다이어트'라고 이름 붙인 사건 말입니다."

탐정은 얼굴을 찡그렸다.

"참 끔찍한 사건이었지. 자신의 몸이 점점 더 뚱뚱해지고 있는데 아무것도 먹지 않았다고 착각했으니. 그 역시 일종의 망상이라고 할 수 있지."

"그렇습니다. 그때도 제가 알아차리지 못한 것을 알고 계셨습니다."

"무슨 소리야. 하즈미 씨가 뚱뚱하다는 건 보면 아는 거잖아."

"하즈미 씨의 체형에 대한 얘기가 아닙니다."

"그럼 뭐야? 망상의 내용 말인가? 그것도 그래. 그렇게 살이 찌고 있는데 아무것도 먹고 있지 않다고 말하는 시점에 어떤 망상을 하고 있는지는 뻔한 거잖아."

"망상의 내용에 관한 것도 아닙니다."

"그럼 뭐야? 자네가 알아차리지 못한 뭘 알고 있었다는 거지?"

"그건 바로 사건의 경위입니다. 범인은 하즈미 씨의 바로 아래층에 살고 있었습니다."

"그래, 택배 전송 절차를 이용해서 본래 하즈미 씨의 집에 배달될 것을 범인의 집으로 오게 했지. 나는 그것을 추리로 찾아냈어. 다른 사람 집의 배달 물건을 가로채려면 어떤 방법이 있는지 생각해 낸 것이지. 그것을 자네가 알아차리지 못한 건 단순히 경험 부족 때문이지 내가 특별해서가 아니야."

"범인의 수법을 알아내신 것은 그리 신기하지 않았습니다."

"그럼 도대체 뭐가 문제라는 거지?"

"하즈미 씨의 집 호수를 알고 계셨다는 것입니다. 선생님은 '범인은 502호에 살고 있습니다. 그리고 602호에서 502호로 옮겼다는 가짜 신고서를 당신의 이름으로 냈습니다.'라고 확실히 말하셨습니다."

"하즈미 씨가 자신의 주소를 말하지 않았던가?"

"말하지 않았습니다."

"아마, 의뢰 신청서에 주소를 적었겠지."

"하즈미 씨는 여기까지 겨우 찾아왔던 터라 신청서를 쓸 수 있는 상태가 아니었습니다."

"바로 생각나지 않는군. 워낙 사소한 것이라……."

"사소한 것이라고 생각할 수 있지만, 사실은 중대한 것입니다."

"집 호수가 그렇게 중대하다고?"

"만약 하즈미 씨의 집 호수를 알고 계셨다면, 하즈미 씨에 관해 이미 알고 있었다는 얘기가 됩니다. 그 말인즉, 사건 역시 이미 알고 있었다는 것이 되죠."

"무슨 논리 전개가 그렇게 대충대충이지?"

"꼼꼼하게 설명해도 결론은 마찬가지입니다. 선생님이 이해 못 하실 리 없습니다."

"좋아. 그럼 잠깐 생각할 시간을 주게."

탐정은 눈을 감았다. 그리고 10초 후에 눈을 크게 뜨며 말했다.

"뭐야, 간단한 거잖아."

"생각나셨어요?"

"자네는 내가 하즈미 씨의 집 호수를 알고 있었다고 생각했지?"

"생각이 아니라, 선생님이 실제로 그렇게 말하셨어요."

"하지만 하즈미 씨가 그것을 인정했던 건 아니야."

"그러고 보니 그랬을지도 모르겠네요."

"뭔가 복잡한 것을 설명할 때는 추상적인 개념으로 설명하는 것보다 구체적인 무언가를 적용시키는 것이 이해하기 쉽다는 건 알지?"

"그건 압니다."

"그때, 내 뇌리에 떠오른 트릭은 이랬어. 범인은 택배 내용물을 바꿔치기한 다음, 다시 포장해서 하즈미 씨의 집으로 가져가야 했을 거라고 말이야. 그렇다면 최대한 주소를 적게 수정하는 호수를 골라야 했던 거지. 만약 집 호수가 세 자리라면 그중 번호 한 개만 다른 방을 빌리는 것이 합리적이라고 할 수 있잖아. 숫자를 여러 개 고치면 들키기 쉬우니까 말이야. 다음은, 세 개의 숫자 중 어느 것을 바꾸느냐가 문제가 되지. 1의 자리의 숫자를 바꾸면 하즈미 씨의 집과 얼마 떨어지지 않은 곳을 빌려야 해. 하지만 그렇게 하면 들킬 위험이 있어. 하즈미 씨와 마주칠 위험도 생각해야 하잖아. 10의 자리 번호를 바꾸어도 마찬가지야. 같은 층일 경우 복도에서 마주칠 가능성이 있으니까. 그렇다면 100의 자리를 바꾸는 것이 가장 합리적인 선택이 되지. 보통 100의 자리는 층을 나타내니까 다른 층에 살게 되겠지."

"그 얘기를 계속 들으면, 집 호수를 아시게 된 이유를 알 수 있는 건가요? 아니면 그냥 시간 벌기를 하시는 건가요?"

"잠자코 들어 봐. 100의 자리를 바꾸는 경우, 간단하게 수정할 수 있는 숫자의 조합은 한정되어 있어. 예를 들어, 9와 6은 닮은 모양이지만 살짝 수정해서 눈치채지 못하게 고치는 건 어려워. 간단하게 수정할 수 있는 건 1을 4로 한다든가, 3을 8로 고치는 경우야. 그런 조합의 예로, 5를 6으로 고치는 조합을 생각한 거야. 사실, 1의 자리나 10의 자리 숫자는 아무래도 상관없어. 적당히 2나 0 같은 숫자를 붙여 본 것뿐이야."

"602호란 건 적당히 머릿속에서 만든 숫자라는 건가요?"

"바로 그거지."

"그럼 어째서 하즈미 씨는 집 호수를 정정하지 않았을까요?"

"글쎄, 왜 그랬을까. 사소한 부분이라 신경 쓰지 않았는지도 모르지. 내가 적당한 숫자를 나열한 건 알았을 테고."

"그녀의 집 호수는 쉽게 알아낼 수 있습니다. 만약 진짜로 602호면 어떻게 하시겠어요?"

"어떻게 하긴 뭘 어떻게 해. 그렇다고 해도 우연의 일치일 뿐이지 뭐."

"우연의 일치라고요? 세 자리 숫자를 맞히는 것이요?"

"세 자리 숫자가 일치하는 정도는 기적이라고 할 수도 없어. 복권 같은 건 조까지 포함하면 여덟 자리나 되잖아. 진짜 집 호수는 아마 다르겠지. 하지만 우연의 일치로 같다고 해도 놀랄 일은 아니야."

정말 일치한다고 해도 탐정은 아마 침착한 표정으로 웃을 것이다. 그 정도로는 탐정을 몰아붙일 수 없다.

"하나 더 물어봐도 될까요?"

"하나뿐인가?"

"신경 쓰이시나요?"

"질문이 계속 나오고 또 나오고 해서 말이야."

"인정하실 때까지 계속할 겁니다."

"대체 나더러 뭘 인정하라는 건가?"

"'식재료' 사건 기억하시나요?"

"그럼 기억하지. 자네의 연재 덕분에 명탐정으로 유명해져서 그런가, 이 동네에서는 그렇게 갑작스러운 경우에도 경찰보다 나를 더 의지하고 싶어지나 봐."

"그건 좋지 않은 현상이네요."

"어째서 그렇게 생각하지?"

"경찰은 무료로 수사를 해 주지만 선생님은 돈 받으시잖아요."

"경찰도 따지고 보면 공짜가 아니야. 인건비를 포함한 경비가 세금으로 지급되고 있어. 그러니까 국민은 모두 경찰의 고객인 거지. 그런 걸 공짜라고 착각하는 사람이 많더군. 관공서는 무료라고 생각하잖아. 실제는 강제적으로 요금을 징수하고 있는데 말이야. 그런 걸 인식하지 않으니까 공무원은 국민을 손님이라고 생각하지 않고, 국민도 공무원이 무료로 일을 해 준다고 생각한다니까. 제대로 고객과 점원의 관계라고 인식하면 관공서의 일들이 훨씬 원활해질 텐데 말이지."

"경찰 의뢰 여부와 세금액에는 변화가 없습니다."

"이 동네의 주민이 일절 경찰에게 의지하지 않고 나에게만 사건 해결을 의뢰하게 되었다고 생각해 보자고. 그럴 경우 경찰 경비는 크게 줄일 수 있잖아. 이 탐정 사무소의 경비와 경찰의 경비는 비교가 되지 않아. 그렇게 되면 세금도 대폭 줄일 수 있지 않을까."

'경찰이 없어지고 이 탐정 사무소만 남다니, 악몽이 따로 없네.'

나는 속으로 생각하며 말했다.

"오카네 씨는 딸이 유괴된 것도 몰랐던 것 같아요."

"그러게. 딸이 어떤 문제에 말려들었다고 생각은 한 것 같은데 말이야. 아내분은 이미 살해되었다고 지레짐작까지 했었지."

"결국 경찰이 출동해서 딸은 무사히 구출되었지만, 일당들은 뿔뿔이 도망쳤고 가까스로 체포한 건 사정을 잘 모르는 두세 명뿐이었죠."

"그때는 엄청난 폭풍우가 한창이었으니까 잡기 쉽지 않았겠지. 범인들은 운이 좋았어."

"운이 좋았을 뿐일까요?"

"자네 또 무슨 말을 하고 싶은 거지?"

"누군가가 연락해서 도망가게 도와준 건 아닐까요?"

"그럴지도 모르지. 하지만 그건 나랑 아무런 상관도 없어."

"제가 그 사건에서 궁금했던 건 따로 있습니다."

"뭐가 또 궁금했지?"

"그 부부를 쫓아 키 큰 남자가 이 사무실로 왔었죠."

"응, 협박장을 전해 준 친절한 사람이었지."

"오카네 씨 부인은 그를 범인과 한패라고 착각한 것 같았습니다."

"그리고 오카네 씨도 부인 얘기를 듣고 그 남자를 위험한 사람이라고 생각했겠지."

"그렇게 생각한 것도 무리는 아니죠. 폭풍우 속에서 커다란 남자가 쫓아온다면 공포를 느낄 수밖에 없으니까요."

"그것이 바로 프로와 아마추어의 차이야."

탐정은 자신만만하게 말했다.

"그 남자가 협박장을 가져다주러 왔다는 걸 이미 알고 계셨죠?"

"또 트집을 잡는 건가? 물론 그건 추리로 알아냈지."

"어떻게 추리를 하면 알 수 있나요?"

"몸값을 노린 유괴라면 당연히 협박장이 있어야 하잖아. 하지만 그 부인은 협박장을 받지 않았어. 아니, 제대로 받지 못했다고 보는 게 맞겠지. 협박장을 제대로 못 받은 부부를 쫓아 종이를 들고 오는 남자가 있다면 그건 협박장을 전해 주러 오는 거라고 추리할 수 있지."

"언뜻 듣기에는 앞뒤가 맞는 것 같지만, 역시 이상하네요."

"뭐가 이상하지? 논리적인 정합에는 문제가 없다고 생각하는데."

"몸값을 노린 유괴 사건이라는 전제로 생각하면 앞뒤가 맞는 설명이 된다는 거네요."

"맞아, 실제로 몸값 목적의 유괴였지."

"하지만 몸값을 노린 유괴 사건이라는 건 어디까지나 추리의 결과여야 합니다. 그것을 먼저 생각하고 전제로 삼는 것은 상황을 시간의 흐름에 따라 생각하면 이상해요."

"있을 법한 사안들을 가정해서 사실을 증명하는 건 그다지 드문 일이 아니야. 그 전제에서 모순 없이 전부를 설명할 수 있다면 되는 거지."

"틀린 전제라도 모순이 생기지 않을 수도 있습니다."

"어떤 경우에 그렇지?"

"어떤 사람을 A라고 하고, A가 'B는 정직한 사람이다.'라고 말했다고 치자고요."

"다음에는 B라는 사람이 나오겠군."

"그리고 B가 'A는 정직한 사람이다.'라고 말했다고 쳐요."

"뭐야. 패러독스가 아니었어?"

"네, 패러독스의 예는 아닙니다. 과연 A는 정직한 사람일까요? 먼저 A는 정직한 사람이라고 가정해 보겠습니다. 정직한 A가 말한 것이니까 B도 정직한 사람입니다. 그리고 정직한 B가 A를 정직하다고 말했으니까 맨 처음의 가정과 모순되지 않습니다."

"명추리군."

"그런데 여기서 반대의 가정을 해 봅시다. 즉, A를 거짓말쟁이라고 가정하는 겁니다. 거짓말쟁이인 A가 'B는 정직하다.'라고 했으니까, B는 사실 거짓말쟁이라고 할 수 있죠. 그리고 거짓말쟁이 B가 'A는 정직하다.'라고 거짓말했으니까 A가 거짓말쟁이라는 가정이 모순되지 않습니다. 즉, A가 정직하든 거짓말쟁이

이든 모순 없이 상황을 설명할 수 있게 됩니다. 그러니까, 어떤 전제에서 모순 없이 전부 설명할 수 있다고 해도, 그 전제가 진실이라고 할 수는 없는 겁니다."

"그건 한낱 말장난일 뿐이야. 실제 사건에서는 물증이나 증인이 있어서 추리를 보강해 주지. A, B 이외의 사람을 인터뷰하면 두 사람이 정직한지 아닌지 쉽게 검증할 수 있어. '식재료' 사건에서도 실제 협박장이 존재했기 때문에 내 추리의 옳음을 증명할 수 있었어."

"그건 추리가 아니라 추측입니다. 실제로 협박장이 있었던 것으로 선생님의 추측이 옳다는 것은 증명할 수 있지만, 그런 추측을 하게 된 경위는 불명확하잖아요. 즉, 추리를 할 수 있는 시간적 순서가 거꾸로인 게 아니냐는 겁니다."

"시간적 순서?"

"처음부터 부부가 협박장을 들고 이곳을 찾아왔다면 그 시점에서 몸값을 받아 내려는 목적의 유괴라는 근거를 확보했을 것입니다. 그리고 그것을 전제로 부부의 이야기를 들으면 모든 것이 앞뒤가 맞습니다. 하지만 실제 상황에서 그 부부는 협박장을 가지고 있지 않았습니다. 애당초 추리할 수 있는 요소가 없는 상태에서 출발했죠. 결국, 근거 없는 사건의 진상을 추측하고, 거기에 협박장이라는 요소를 끼워 넣어 추리가 완성된 것처럼 보여 주신 겁니다. 그러니 논리적으로는 정합성이 있어 보였죠. 하지만 시간이라는 요소를 고려하면 보여 주신 추리는 결론이 이미 정해져 있었습니다. 역시 이상한 부분입니다."

"마치 내가 진상을 이미 알고 있었다는 것처럼 들리는군."

"사실 아닌가요?"

"그래, 어떤 의미에서는 알고 있었다고 할 수도 있지."

"네?"

"하지만 자네가 생각하는 것과는 달라. 자네는 「형사 콜롬보」라는 드라마를 알고 있나?"

"네, 아주 좋아하는 드라마입니다."

"그건 '도서 미스터리'라는 스타일이지. 즉, 시청자에게 처음부터 범인이 누구인지 알려 놓고 형사가 어떻게 범행을 파헤치는지를 보며 즐기는 드라마 말이야. 그 드라마에는 중요한 기본 설정이 있는데, 뭔지 아나?"

"그게 뭐죠?"

"이른 단계에서 콜롬보는 누가 범인인지 알고 있다는 것이야. 그것도 단서가 아예 없거나 있어도 상당히 미비한 상태에서 범인이 누구인지 확신하잖아. 그래서 범인에게 끈질기게 달라붙어서 허점을 드러내게 하려고 갖은 방법을 동원하고 말이야. 이른바 궁극의 심증 수사라고 할까. 잘 생각해 보면 좀 지나친 확신이지."

"그렇게 하지 않으면 그 드라마는 성립되지 않잖아요."

"그렇지. 그건 드라마 속에서만의 이야기가 아니야. 탐정은 오랜 경험에 의한 감으로 어떤 범죄가 발생했고 누가 범인인지를 대충 알 수 있어. 사실은 처음부터 추리에만 의지하지 않고 직감적으로 알아낸 것을 증명하기 위한 증거를 모으는 것뿐이야. 그렇게 하지 않으면 다른 사람이 납득할 수 없기 때문에 증거가 모두 갖춰진 시점에서 그럴듯한 추리를 펼치는 거야. 자네의 말처럼 시간 순서적으로는 모순된 것이지. 하지만 결국엔 진실에 도달하게 되니까 아무런 문제는 없다고 봐."

"그러니까, 감으로 사건의 진상을 알 수 있다는 말씀이신가요?"

"그렇지. 하지만 외부에 발설은 하지 말게. 이건 기업 비밀 같은 거야."

"자신이 초능력자라는 말씀이신가요?"

"그런 얘기가 아니야. 일종의 무의식적인 프로파일링이라고 생각하면 돼. 이런 상황에서는 이런 범죄가 발생했을 가능성이 높다는 데이터베이스가 내 머릿속에 있어서 자동으로 검색되는 거지."

"이런 상황이라면 이런 범죄가 발생한다는 리스트가 있다는 건가요? 그렇다면 그 리스트를 보여 주세요."

"그 리스트는 내 머릿속에만 있다니까. 그건 써서 옮길 수도 없어. 무의식의 검색만 유효하거든."

"무척 편리한 능력이군요."

"그렇다고 할 수 있지. 사실이 그래서 나도 어쩔 수 없어."

나는 한숨을 쉬었다.

"계속해서 요리조리 잘도 피하시는군요."

"자네가 이러는 목적이 뭔가? 나는 솔직히 좀 난감하군."

"진실을 알고 싶을 뿐입니다. 그렇다면 콜롬보 이론으로도 설명이 안 되는 것에 대해 질문드리겠습니다."

"내 자네가 이렇게 끝내지 않을 줄 알았지. 그래, 다음은 뭔가?"

"'생명의 가벼움' 사건에 관해서 질문드리겠습니다."

"그래, 그건 최근 사건이니까 잘 기억하고 있지."

"다테키요 씨는 개발 도상국에 병원을 세우는 것이 목적인 NPO 법인을 조사한 결과를 줄줄이 설명했었죠."

"응, 무척 요령 없는 보고의 일례라고 할 수 있지."

"다테키요 씨는 자신의 기부 목적은 말하지 않고 무턱대고 조사 보고를 했습니다. 의도적으로 정보를 숨긴 건 아닌 것 같습니다만, 필요한 정보를 공개하지 않았기 때문에 마치 그가 직접 그 NPO 법인에 기부한 다음 그 돈의 부정 사용을 조사한 것처럼 들린 것 같습니다."

"무슨 소리야. 자네만 그렇게 들은 거 아냐?"

"초반에는 가짜 동물 구제 센터에 관한 얘기가 일절 나오지 않았습니다. 그의 분노의 화살은 NPO 단체 쪽을 향하고 있었기 때문에 화제는 전부 그쪽으로 쏠릴 수밖에 없었죠."

"그렇게 생각할 수도 있겠지."

"조사 결과, NPO 법인의 부정 증거는 하나도 발견되지 않았습니다. 본래대로라면 그 결과로 사기는 없었다고 판단했을 겁니다. 하지만 선생님은 '아주 악질적인 사기'라고 단정하셨어요."

"실제로 그런 사기를 당했으니 내 생각이 맞았던 거 아닌가?"

"사기였다고 판단할 수 있는 근거가 다테키요 씨의 말 속에 있었나요?"

"직접적으로는 없었지."

"그럼 간접적으로는 있었다는 말씀이신가요?"

"있었을걸."

"도대체 그의 말 어느 부분이 간접적인 근거가 된 거죠?"

"자네 오늘 유난히 뻑뻑하게 나오는구만."

탐정이 팔짱을 끼며 말했다.

"지금 농담할 때가 아닙니다. 진지하게 대답해 주세요."

"자네의 목적은 나를 몰아붙이는 것인가?"

나는 고개를 끄덕였다.

"도대체 왜 내가 이런 대접을 받아야 하는 거지?"

"그 이유를 분명하게 보여 줘야 하니까요."

"내가 이렇게 추궁당하는 것이 추궁당할 이유를 명확히 하기 위해서라니, 논리가 빙빙 도는 것 같군."

"그럼, 쉽게 말씀드리겠습니다. 저는 탐정 선생님이 추궁당할 이유가 있는지를 확인하기 위해서 질문드리는 것입니다."

"지금 나를 심문하는 건가?"

"넓은 의미로 보면 그렇습니다."

"자네에게 그런 권리는 없을 텐데."

"네, 맞습니다. 그래서 대답하기 싫으시면 꼭 하지 않으셔도 됩니다. 하지만 그럴 경우 대답하고 싶지 않은 이유가 있다고 판단하게 되겠죠."

"나에게 뭔가 불편한 문제가 있는 건가?"

"그건 잘 모르겠습니다만, 제가 품은 의문을 그대로 말씀드리는 겁니다."

"미니미코지에 쓴 글이 어떤 영향력을 가지고 있다고 생각하나?"

"최소한 이 탐정 사무소에는 영향력이 있지 않을까요?"

"협박인가?"

"아닙니다. 저의 질문에 대답하지 않으셔도 상관없습니다."

"하지만 자네는 그 내용을 쓰겠지?"

"네, '보도의 자유'니까요."

"그렇군."

탐정은 머리를 긁적거렸다.

"다테키요 씨가 한 말의 어느 부분이 사기에 대한 간접적 추리의 재료가 된 거죠?"

"특정 부분이 추리 재료가 되었다는 말은 할 수 없네. 아까도 말했듯이, 탐정의 감이지."

"머릿속 데이터베이스로 검색한다고 하셨는데요. 그럼 검색할 자료가 있어야 할 것 같은데, 다테키요 씨의 말 속에 그 재료가 있었나요?"

"그 자신이 '사기당한 것 같다'고 하지 않았나."

"그 말로 어떻게 확신할 수 있죠? 본인도 자신 없이 한 말인데?"

"의뢰인의 풍모나 태도에서 대체로 사정은 읽을 수 있지."

"그 역시 본인에게 초능력이 있다고 말씀하시는 겁니다."

"자네가 그렇게 나를 초능력자로 만들고 싶다면, 그렇게 해. 이제 직성이 풀렸나?"

"결국, 논리적 설명을 포기하셨군요."

"어째서, 어째서, 어째서 하며 계속 물어보기만 하면 어느 부분에서는 논리적 설명이 어려운 건 자연스러운 거야."

"그렇지 않습니다. 물론 무한정으로 논리적 설명만 할 수는 없지만, 누구나 납득할 수 있는 공리나 법칙에 도달하면 그 이상 논의를 소급시킬 필요는 없습니다. 선생님이 사건을 해결할 수 있었던 이유가 초능력 때문이라는 건 도저히 받아들일 수 없습니다."

"그럼 내가 자네를 납득시키기 위해 뭘 해야 하지?"

"초능력을 실제로 증명해 보이든지, 아니면 다른 납득 가능한 설명을 해 주시는 겁니다."

"다른 납득 가능한 설명이라고? 초능력 탐정보다 납득할 수 있는 설명이 있을까."

"간단하게 설명할 수 있습니다. 다만 탐정 선생님이 그걸 인정하시느냐가 문제죠."

"대체 어떤 설명이 가능하다는 거지?"

*

"여기에 탐정이 한 사람 있습니다. 그는 사무실 안에서 사건을 해결합니다. 단순히 의뢰인의 말만 듣고 추리해서 범인이나 트릭을 알아맞히는 거죠."

"이른바 안락의자 탐정이군."

"안락의자 탐정이라는 개념 그 자체에 대한 의심은 없습니다. 의뢰인이 추리에 필요한 정보를 전부 말해 준다면 탐정이 진실에 도달하는 건 충분히 가능하겠죠. 하지만 의뢰인이 필요한 정보를 전부 말해 주는 경우는 거의 없습니다. 오히려 의뢰인의 정보가 불충분할 경우가 대부분일 겁니다."

"솜씨 좋은 탐정은 필요한 정보를 의뢰인으로부터 끌어낼 수 있다고 생각할 수는 없을까?"

"물론 어느 정도는 가능하겠죠. 하지만 의뢰인이 모르는 정보는 절대 끌어낼 수 없습니다. 또한, 의뢰인이 항상 진실을 말한다는 보장도 없습니다. 잘못 알고 있을 수도 있고요, 자신에게 불리한 사실을 의도적으로 숨기거나 진실이 아닌 것을 말할 수도 있습니다. 즉, 안락의자 탐정은 의뢰인에게 의존할 수밖에 없습니다."

"우수한 의뢰인이 없지도 않을 거 같은데."

"네. 하지만 의뢰인은 너무 우수해도 안 됩니다. 그렇게 우수하다면 자기 스스로 가지고 있는 정보로 추리해서 진실에 도달해 버릴 수도 있습니다. 그러니까, 안락의자 탐정의 의뢰인은 필요한 정보는 전부 수집할 수 있을 정도로 관찰력이나 기억력이나 판단력이 뛰어나지만, 그것들을 사용해서 추리하는 논리적 능력은 결여되어 있어야 합니다. 그런데 무엇이 필요한 정보인가는 추리가 진행되는 단계에서 명확해지는 성질의 것입니다. 전혀 추리하지 않고 어떤 정보가 필요한지를 판단하는 것은 매우 어렵습니다. 통상적으로 탐정은 추리를 하면서 현장에 직접 가 보거나 조수를 통해 부족한 정보를 보충해 가면서 추리를 완성시킵니다."

"결국 안락의자 탐정 같은 건 있을 수 없다는 얘긴가?"

"있을 수 없다는 건 아닙니다. 하지만 우연이 단기간에 다섯 번이나 발생하는 경우는 거의 있을 수 없다고 봐야겠죠. 만약 의뢰인이 가져온 정보가 불충분한 경우, 안락의자 탐정 행세를 하려면 어떻게 해야 할까요? 부족한 정보를 스스로 보충할 수밖에 없습니다. 만약 탐정이 필요한 정보를 처음부터 전부 알고 있었다면 그 자리에서 추리한 것처럼 꾸밀 수는 있겠죠. 다만 한 가지 문제점이 있습니다. 의뢰인이 말하지도 않았던 정보까지 어떻게 알고 있는지 설명할 수 없다는 겁니다."

"탐정이 처음부터 진실을 알고 있었다고 말하고 싶은 건가?"

나는 고개를 끄덕였다.

"의뢰인의 말을 듣고 추리를 한 것이 아니라, 처음부터 진실을 알고 있기 때문에 무심코 의뢰인이 말하지 않은 사실까지 추리해 버리는 경우가 발생하는 겁니다. 의뢰인은 사건만 해결되면 상관없으니, 탐정이 알고 있을 리 없는 것을 알고 있다고 해도 신경 쓰지 않을 수 있습니다. 그러나 의뢰인과 탐정의 대화를 제삼자가 듣고 있었다고 하면, 그것을 알아차리고 위화감을 느낄지도 모르겠네요."

"자네는 의뢰인이 말하기 전에 내가 전부 알고 있었다고 생각하는 거지? 하지만 그것들은 결국 '초능력 탐정설'로 돌아가 버리는 게 아닌가."

나는 고개를 가로저었다.

"초능력 같은 건 없어도 설명할 수 있습니다."

"어떤 설명이지?"

"자작극입니다. 즉, 사건의 주모자가 탐정이라면 전부 해결할 수 있겠죠."

"자네는 지금 자신이 엄청난 얘기를 했다는 걸 알고 있나? 나를 범죄자라고 하는 거잖아."

"네, 알고 있습니다. 당신은 모리아티 같은 주범이었던 겁니다. 탐정 선생님이 해결한 어떤 사건도 범인은 잡히지 않거나 잡혀도 모두 잘 모르는 하수인들뿐이며, 범죄 조직의 전모는 전혀 밝혀지지 않았습니다. 즉, 어느 사건도 주모자까지 도달하지 못한 거죠. 그리고 탐정 선생님은 의뢰인이 말하지 않은 사항까지 알고 있어서 사건을 간파하고 있었습니다. 결국, 탐정 선생님이 모리아티라고 생각하는 것이 가장 자연스러운 답입니다."

"물적 증거는 있나?"

"아뇨, 여기서 선생님과 의뢰인의 대화를 듣고 추리한 결과입니다."

"그렇군. 재밌네. 즉, 자네야말로 일종의 안락의자 탐정이라는 것이 되는군. 그리고 자네는 조금 전에 안락의자 탐정은 있을 수 없다는 식으로 말했어. 자기모순이라는 건 알고 있나?"

"선생님은 일부러 다른 얘기를 해서 혼동시켜 말을 얼버무리려 하시는군요. 저는 말만 듣고 사건을 해결한 것이 아닙니다. 이야기의 모순점을 깨달았을 뿐입니다. 그 모순을 모순이 아니게 하려면 선생님이 주범이라고 생각하는 것이 가장 단순합니다. '오캄의 면도날' 원리죠."

"그래서 어떻게 할 생각인가?"

"저한테는 물적 증거도 없습니다. 또한, 독자적으로 수사할 수 있는 능력도 없죠."

"정확한 자기 분석이군."

"제가 할 수 있는 건 저 자신이 깨달은 것을 발표하는 것입니다. 예를 들어 연재를 통해서라든가. 그렇게 하면 수사 능력이 있는 누군가의 눈에 띄게 될 수도 있겠죠."

"그런 짓은 하지 않는 게 좋을 거야."

탐정이 조용히 말했다.

"어째서죠?"

"망신만 당하게 될 테니까. 자네가 원하는 대로 수사 능력이 있는 인간이 움직인다면 나의 결백은 바로 증명되겠지. 그렇게 되면 자네는 나를 비방해서 피해를 입힌 것이 되네. 나는 자네를 명예 훼손으로 고소할 생각은 없지만, 자네의 작가로서의 생명은 끝나게 될 걸세."

"탐정 선생님이 정말 결백한 경우 그렇게 될 수도 있겠군요."

"말을 알아들은 모양이군."

"하지만 탐정 선생님이 결백하지 않다면요? 선생님이 이 동네의 모리아티라면 저는 큰 공을 세우는 게 되지 않을까요?"

"나는 이 동네의 모리아티가 아니니까 그 가정은 틀렸어."

"선생님은 자신이 모리아티인지 아닌지 잘 알고 계시겠죠. 하지만 저는 진위를 모릅니다. 선생님만 아시고 계시는 것을 공통의 동의 사항처럼 취급하시면 곤란합니다."

"좋아. 인정하지 않지만, 내가 이 동네의 모리아티일 가능성도 포함해서 분석해 보자고. 하지만 어떤 경우에도 자네는 발표하면 안 될 거야. 우선 내가 모리아티가 아닌 경우 자네는 잘못된 기사를 발표해서 일자리를 잃을 상황에 빠지게 돼. 여기까지는 알겠지?"

"네."

"문제는 내가 이 동네의 모리아티였을 경우야. 그 경우 내가 미니미코지에 발표하는 것을 좋아할까?"

"물론 싫으시겠지만 저는 발표할 생각입니다."

"냉정하게 생각해 봐. 내가 모리아티라고 하면 순순히 자네가 그런 것을 발표하게 둘 거라고 생각하나?"

"발표 못 하게 하실 생각이신가요?"

"내가 정말 이 동네의 모리아티라면, 발표를 막을 방법은 얼마든지 있겠지."

나는 덜컥하는 기분이 들었다.

"다시 말하면, 내가 이 동네의 모리아티가 아니면 자네는 오보를 낸 것으로 현재의 지위를 잃게 되지. 그리고 내가 이 동네의 모리아티라면 자네는 가장 소중한 것을 잃게 될 수도 있어. 후자의 가능성은 없으니까 고려하지 않아도 되겠지만, 어쨌든 발표해 봤자 좋을 건 아무것도 없다는 얘기야. 자네라면 이해할 수 있겠지."

"네, 잘 이해합니다. 발표해 봤자 좋을 게 없겠죠."

나는 미소를 지었다.

"바로 그거야."

탐정은 만족스러운 얼굴로 고개를 끄덕였다.

"하지만 좋을 게 없다고 해도 해야만 하는 것이 있습니다."

"방금, 이해했다고 하지 않았나?"

"네."

"내가 무죄라면 자네는 망신당하고 작가로서의 생명을 잃을지도 모르는데?"

"하지만 망신당하고 작가로서의 생명을 잃는 정도로 끝나는 거잖아요."

"다시 말하지만, 내가 유죄라면 자네에게 큰일이 생길지도 몰라."

나는 웃으며 말했다.

"후자의 가능성은 고려하지 않아도 된다고 하셨잖아요."

"물론 후자일 가능성은 없고, 그건 내가 알고 있지. 하지만 자네는 알 수 없으니까 고려를 해야 돼. 이건 자네의 입장에서 생각해 주는 거야."

"그 경우에도 정말 큰일은 없을 테니 괜찮습니다."

"어떻게 그렇게 말할 수 있지?"

"이 동네의 모리아티는 '유쾌범'이기 때문입니다. 사람들이 패

닉에 빠지거나 겁에 질려 갈팡질팡하는 것을 그저 즐기는 사람이죠. 물론 금전이 관련된 범죄도 있습니다만, 피해 금액은 얼마되지 않고, 미연에 방지해 버리는 경우도 있습니다. 흉악범이 아니란 얘기죠. 저를 죽이거나 파멸시키지는 않을 겁니다."

"꼭 그렇다는 확증은 없을 텐데. 그렇게까지 자네가 나를 고발하려는 이유는 뭔가? 무슨 보상을 받을 수 있지?"

"호기심입니다."

"호기심?"

"제 추리가 맞는지 확인하려면 저의 추리를 공개하는 것이 가장 간단한 방법이니까요. 많은 사람의 눈에 들면 다양한 검증이 자연 발생적으로 행해지겠죠."

"내가 그걸 막는다면?"

"그 경우에도 제 추리가 맞는다는 것이 증명되니까 문제는 없습니다."

미니미코지에만 의존할 필요는 없다. 이미 글은 준비되어 있고 여러 곳에 보낼 수 있다. 엔터 키만 누르면 끝이다. 물론 그 대가로 내가 무언가를 잃을지도 모르지만.

"선생님, 당신은 이 동네의 모리아티인가요?"

"만약 내가 그것을 인정하면 자네는 공개를 그만둘 건가?"

"네, 그것으로 목적은 달성되니까요. 하지만 선생님이 인정하지 않으시면 어떤 방법을 써서라도 발표할 겁니다."

탐정은 잠시 생각하더니 말했다.

"한번 해 보게. 의외로 재밌을 수도 있겠군."